KB005947

"염려는 이제 그만"

삶의 놀라운 변화
101일 감사 일기

조이현 지음

여는글

"참나, 또 그 얘기예요!"

매번 만날 때 마다 감사 일기를 쓰라고 한 분이 있었다. 같은 이야기를 듣는 것이 지겨워 화제를 돌려도 소용없었다. 그런 내가 언젠가 감사 일기에 대한 이야기를 먼저 꺼냈다. 그가 삶에서 소중히 여기는 것을 그 동안 무시했다는 미안함에서였다. 그분은 확신에 찬 표정으로 내게 이런 말을 들려주었다.

"감사 일기를 쓰게 되면 내가 얼마나 행복한 사람인지 비로소 깨닫게 돼. 작은 일에도 기쁨이 넘치고 내가 하는 모든 일이 마냥 즐거워. 남들과 똑같은 환경에서도 전혀 다른 삶을 살 수 있는 것이지. 난 감사의 또 다른 말은 기적이라고 생각해. 감사 일기를 쓰게 되면 예전에 하지 못한 일을 언젠가는 해 낼 수 있는 기적을 경험하거든. 그러니까 너도 한 번 써봐."

난 그분과 헤어지고 노트를 한 권 구입했다. 그리고 잠자리에 들기 전 펜을 들었다. 무엇을 어떻게 써야 할지 몰라 한 참을 고심했다. 결국 겨우 한 줄 쓰는 것으로 마무리를 지었다.

"생각지도 못한 감사 일기를 쓰게 되어 너무도 감사합니다."

그렇게 쓰기 시작한 감사 일기가 어느 날 긴 문장이 되고 한 편의 글이 되었다. 평범한 것이 특별하게 와 닿고 사소한 것이 소중히 여겨진 날은 분량이 더 많았다. 때론 한정된 지면에 써 넣을 감사를 추리느라 애를 먹기도 했다. 난 그렇게 감사의 부스러기를 모아 글 속에 묻고 마음으로 덮어두었다.

그러자 놀라운 일이 벌어졌다. 페이지가 늘어 가는 만큼 기쁨도 마음속에서 넘쳐났다. 감사가 쌓여가는 만큼 행복의 부피도 커져만 갔다. 그리고 그 동안의 감사일기가 이렇게 한 권의 책이 되었다.

감사가 나를 복되게 한 것이다. 감사가 마음의 빈곤함을 벗어버리고 날 부유하게 한 것이다.

그 동안 써 왔던 감사 일기를 선별하여 수필형식으로 다듬었다. 그 중 몇 편은 꼭 나누고 싶은 오래전 이야기를 기억을 더듬어 재구성했다. 책에 소개된 101편의 글이 사실을 근거로 한 경험적 내용임을 분명히 일러두고 싶다.

이 책은 감사의 중요성을 역설한 책이 아니다. 일상에서의 사소하고 평범한 것도 얼마든지 감사할 수 있음을 깨닫게 해주는 책이다. 더불어 우리 주변에 흩어져 있는 작은 감사꺼리를 볼 수 있도록 마음의 눈을 크게 뜨게 해 주는 책이다. 글을 읽다보면 "이런 것도 감사꺼리가 될 수 있구나"라며 고개를 끄덕일 것이다.

모쪼록 독자들이 이 책을 읽고 감사 일기를 쓸 수 있는 계기로 삼았으면 좋겠다. 그래서 나처럼 행복에 겨워 이전과 다른 삶을 사는 분들이 주변에 많아졌으면 좋겠다. 나아가 그 기쁨을 혼자 주체할 수 없어 누군가를 만나 이렇게 말해 주었으면 좋겠다.

"그러니까 너도 한 번 써봐."

12월 어느 날, 감사를 머금고...

조이현

독자평

책을 읽다가 "감사가 행복해지는 연습이라면, 불평은 불행해지는 연습이다"라는 말이 떠올랐다. 자신이 삶에서 무언가를 연습하느냐에 따라 인생이 달라지는 것이다. 저자는 일상의 평범함 속에서도 감사를 연습해왔다. 그 작은 노력이 다른 삶을 살게 했다. 책에 인용된 "세상에는 좋거나 나쁜 게 없다. 다만 우리의 생각이 그렇게 만들 뿐"이라는 셰익스피어의 명언처럼 감사든 불행이든 내 마음먹기에 달렸음을 절실히 깨닫게 된다. 모쪼록 감사 일기를 통해 주변에 행복을 연습하는 사람들이 더 많아지기를 간절히 소망해 본다. **김경남 웹디자이너**

주위를 둘러보면 감사할 것들이 너무도 많다. 굳이 멀리서 찾지 않아도 된다. 계절이 바뀔 때마다 갈아입을 수 있는 다양한 옷, 허기가 찾아오면 배불리 먹을 수 있는 풍족한 양식, 추위와 더위를 피할 수 있는 안락한 집... 작정하고 감사꺼리를 찾자면 한도 끝도 없을 것이다. 그런데 왜 우리 주변엔 불평불만의 소리들로 가득할까? 특별한 것에서만 감사꺼리를 찾기 때문일 것이다. 저자는 그런 우리에게 행복하려면 작고 사소한 것부터 감사해야함을 가르쳐주고 있다. 범사에 감사하는 마음이야말로 불행에 마침표를 찍는 유일한 방법임을 책을 통해 깨닫게 될 것이다.
노중언 컴퓨터 엔지니어

분주하고 불만족스런 일상 속에서 무심코 읽기 시작한 이 책을 덮었을 때 나는 안정되고 담백한 일상으로 가 있었다. '감사의 효과'인가? 아니, 그것은 '감사의 능력'때문인 듯하다. 조이현 작가의 감사는 "무조건 감사하라. 그거 되게 좋다. 다 잘될 거다"같은 덮어놓고 하는 식의 감사나 마인드 컨트롤이 아닌 뿌리 있는 감사이다. 예수 그리스도, 그 구속의 감사와 그분을 영화롭게 하는 근본이 있는 감사... 우리가 고백할 것은 바로 이런 뿌리 있는 감사가 아닐까! **설지원 출판인**

책을 덮고 나서 마음이 따뜻해졌다. 모든 상황을 감사함으로 좋게 받아들이는 작가의 마음을 느낄 수 있었기 때문이다. 저자는 우리와 같은 상황을 맞이하고도 긍정적인 태도를 통해 더 큰 행복을 만끽하고 있다. 평범함 속에서 특별함을 찾아낼 줄 아는 감사의 눈이 저자를 그토록 행복한 사람으로 만든 것이다. 애써 감사꺼리를 찾지 않아도 감사가 넘쳐나는 저자를 보며 은근히 샘이 날 정도다. 안 되겠다. 나도 묵혀있던 일기장을 꺼내어 오늘부터 감사 일기를 시작해야겠다. **홍정은 회사원**

작가는 글을 통해 삶에서 보다 행복할 수 있는 방법을 가르쳐 주고 있다. 그것은 '감사'라는 묘약과 '감사 일기'라는 처방법이다. 저자처럼 범사에 감사하고 사소한 일조차 좋게 여기며 일기로 옮긴다면 내일 맞이하는 아침은 분명 오늘과 다를 것이다. 그리고 어제와 전혀 다른 삶을 살게 될 것이다. 이 책이 일상의 무료함으로 생기를 잃은 현대인들에게 삶의 원기를 복 돋아 주는 한 첩의 보약이 되기를 기대해본다.
김학진 주일학교 교사

책을 통해 다시 한 번 감사의 소중함을 되새겨 보는 계기가 되었다. 그리고 삶에서 감사해야할 것들이 결코 멀리 떨어져져 있는 것이 아닌 내 곁에 아주 가까이 있는 것임을 깨달았다. 책을 읽고 나면 무미건조하게 바라봤던 세상을 감사의 눈길로 이전과 다른 마음으로 바라보게 될 것이다. 그리고 알 수 없는 그 무언가가 내 안에서 꿈틀 됨을 감지하게 될 것이다. **현인선 자영업자**

한국에서 생활하면서 가끔 내 자신이 가엾게 느껴질 때가 있었다. 아프거나 물질적인 어려움으로 생활이 궁핍해지면 더욱 그렇다. 그럴 때마다 고국으로 돌아가고 싶은 마음이 굴뚝같았다. 그런 내가 이 책을 읽고 생각을 바꾸었다. 행복하려면 현실을 원망하지 말고 작은 감사꺼리부터 찾아야 한다는 것을 말이다. 바뀌어야 할 건 내 마음이지 환경이 아닌 것이다. 이젠 고달프게 여겨졌던 유학생활을 이전과 다른 마음으로 즐겁게 할 수 있을 것 같다. **라주 유학생**

'감사'를 보통 고마워하는 마음이라고 생각하는 사람들이 참 많다. 정확히 말하면, 감사란 받은 것을 받았다고 말하는 것이다. 당연히 우리의 삶 가운데 'Action'이 되어야 한다. 하지만 대부분의 사람들이 감사를 마음에 품기만 할뿐 표현하는 데는 익숙지 못하다. 작가는 감사를 어떻게 해야 할지를 일상에서 경험한 다양한 에피소드를 통해 자연스럽게 알려준다. 그리고 감사를 입에서 글로 옮길 때 더 큰 행복이 찾아온다는 것을 가르쳐 준다. 이 책이 가난한 우리들의 마음을 부유하게 할 줄 확신한다. **김승희 교수**

지체 장애우들을 대상으로 봉사를 하다보면 보람과 함께 그들을 통해 배우게 되는 것도 많다. 그 중의 하나가 감사하는 마음이다. 그들은 정말 별 것도 아닌 일에 크게 감사하고 기뻐한다. 작은 것을 받아도 소리를 지르고 손을 요란하게 흔든다. 감사를 말로 표현하지 못할 뿐 얼굴엔 미소가 가득하다. 독자들이 이 책을 읽고 감사를 배워 우리 장애우 친구들처럼 마냥 행복했으면 좋겠다.
이재욱 사회복지사

최근 우연찮게 SNS에서 신학적으로 논쟁적인 이슈를 접하게 되었다. 관심이 가서 논쟁을 흥미롭게 지켜보았는데 당연한 귀결이지만 결론이 쉽게 나지 않았다. 어느 편도 상대에게 승복하려 하지 않는 그 치열함에 이끌려 중도에 그만 두지 못하고 계속 따라갔는데 마지막에 남은 것은 하나님의 은혜가 아니라 마음의 곤고함이었다. 그즈음 작가의 글을 읽게 되었는데 마음에 적지 않은 위로를 받았다. 날선 글의 예리한 향연과 대비되는 수줍은 듯 고백하는 담백함이 마음을 정화시켜 준 것이다. 그 힘은 글을 통해 자신의 옳음을 증명하려는 것이 아니라, 인생 자체를 하나님이 주신 선물로 여기며 감사함으로 살고자하는 겸손의 마음이 글 속에 오롯이 담겨있기 때문일 것이다. 감사하는 자가 부요한 자라는 것을 알면서도 삶 가운데 실천하기는 녹록치 않다. 그렇기에 다시 한 번 이 기회에 부요한 삶을 꿈꿔 본다. 나에게 다가오는 각각의 하루들이 가진 모든 편차에도 불구하고 한 결 같이 감사로 반응하는 그런 삶을... **최익창 목사**

contents

삶의 놀라운 변화 101일 감사 일기

contents

“염려는 이제 그만”

1일

"나만의 신문지"

삶의 부유함은 소유에 있지 않고 마음의
넉넉함에 있는 것임을 깨닫게 해주시니 감사합니다.
당신을 바라보는 나의 차가운 눈길까지도 따뜻한
마음으로 품어준 노숙자 분에게도 감사합니다.

해질 무렵 마로니에 공원을 찾았다.

비가 온 후라 의자가 젖어 있었다. 손으로 훑어내고는 물기가 덜한 곳에 걸터앉았다. 그런 나를 건너편에서 노숙자 한 분이 유심히 쳐다보고 있었다.

다소 신경이 쓰였지만 모르는체하고 음악을 들었다.

조금 뒤 여학생 두 명이 내가 있는 곳으로 다가왔다. 그들은 의자의 물기를 발견하고는 그 자리에 서서 이야기를 나누었다.

그때였다.

건너편에 있던 노숙자가 자리에서 벌떡 일어나더니 나를 향해 오는 것이다. 남자의 뜻밖의 행동을 경계하지 않을 수 없었다. 긴장된 마음으로 허리를 곧추 세우고 만일의 사태에 대비했다. 그가 가까이 다가올수록 내 몸에는 잔뜩 힘이 들어가 있었다.

하지만 노숙자는 방향을 틀더니 두 명의 여학생 앞에 섰다. 그리고는 손에 쥐고 있던 두툼한 신문지를 다정히 건네주었다. 여학생들은 노숙자에게 "감사합니다"라는 말을 하고는 그것을 받아 사이좋게 깔고 앉았다.

노숙자의 허름한 뒷모습을 보며 무척 미안한 마음이 들었다. 아까 나를 쳐다보았던 것도 신문지를 줄 생각이었던 것이다. 그것을 주지 못하자 안타까운 마음에 계속해서 나를 쳐다본 것이다.

그 분을 통해 깨달은 것이 있다. 삶이 너무 가난해서 줄 수 있는 것이 아무 것도 없다고 생각하지만 찾아보면 분명 있다는 것을 말이다. 크고 좋은 것만을 생각하다보니 내가 가진 작고 소중한 것을 보지 못하는 것이다. 우리에게는 줄 수 있는 마음이 없는 것이지 줄 것이 없는 것이 아닌 것이다. 이 세상 누구에게나 자신만의 신문지는 있기 마련이다.

"삶의 부유함은 소유에 있지 않고 마음의 넉넉함에 있는 것임을 깨닫게 해주시니 감사합니다. 당신을 바라보는 나의 차가운 눈길까지도 따뜻한 마음으로 품어준 노숙자 분에게도 감사합니다."

2일 "남자라면 이순신 장군처럼"

이순신 장군님의 희생적인 삶이 있었기에
대한민국이 있음을 감사합니다. 나도 이순신 장군처럼
장차 이 나라를 위해 무엇을 해야 할 지를 생각하게
하시니 또한 감사합니다.

광화문에 있는 '충무공 이야기' 전시관을 둘러봤다. 실제 모형처럼 제작된 거북선과 판옥선이 마냥 신기하기만 했다. 거북선 안을 직접 들어가 보니 이순신 장군이 왜적들과 싸우는 모습이 한층 실감이 났다.

임진왜란 당시 사용했던 무기를 본 따서 만든 대포와 총으로 가상의 적을 무찔러도 보았다. 13척으로 133척을 대적한 명량 해전의 영상물을 관람하며 그 날의 치열했던 전투장면도 떠올려 보았다. 그 중에서도 가장 기억에 남았던 것은 장군이 쓴 난중일기였다.

"거북선에 쓸 돛베 29필을 받았다. 1592년 2월 8일."

"거북선에서 대포 쏘는 것도 시험하였다. 1592년 3월 27일."

"식후에 거북선에서 지자, 현자포를 쏘아 보았다. 1592년 4월 12일."

그 밑에 적힌 글귀가 가슴에 깊이 와 닿았다.

"전쟁을 대비하기 위하여 만들기 시작한 거북선의 제작이 완료되고 하루 뒤 임진왜란이 일어났다."

"이순신 장군님의 희생적인 삶이 있었기에 대한민국이 있음을 감사합니다. 나도 이순신 장군처럼 장차 이 나라를 위해 무엇을 해야 할 지를 생각하게 하시니 또한 감사합니다."

3일

"개만도 못 하네"

마땅히 지켜야 할 것을 지키는 것이 올바른 삶임을 알게 하시니
감사합니다. 한 마리의 개를 통해서도 인간의 삶을 교훈하게 하시니
감사합니다. 또한 사람들의 잘못도 너그러이 용서하는 '방범대원'이
밤마다 우리 동네를 지켜주고 있음을 감사합니다.

횡단보도에서 보행신호를 기다리고 있었다. 내 옆에는 '방범대원'이라 불리는 우리 동네 유명한 개 한 마리가 서 있었다. 낮에는 집에 있다가 밤만 되면 동네를 순찰을 한다고 해서 붙여진 별명이다. 오다가다 쓰다듬어 주며 관심을 보여도 나에게 만큼은 무관심하다. 보기에는 순한 녀석이 한 편으론 도도한 것 같아 그 속이 참으로 궁금했다.

이런 저런 생각을 하는 와중에 신호가 바뀌었다. 누가 먼저랄 것도 없이 사람도 개도 함께 건넜다. 녀석은 건너면서도 좌우를 두리번거렸다. 조심성 때문인지, 버릇인지 알 길이 없다.

그때였다. 횡단보도 반을 지날 쯤, 저만치에서 달려오던 오토바이가 속도를 줄이지 않고 개 옆을 확 지나가는 것이다. 그 모습을 지켜보던 나와 몇몇 사람은 화들짝 놀랐다. 하마터면 녀석이 크게 다칠 뻔했기 때문이다. 순식간에 벌어진 일에 다들

어안이 벙벙했다. 그러자 아저씨 한 분이 오토바이를 향해 분을 내며 이렇게 말했다.

“참, 사람이 개만도 못하네.”

그 말이 우습기도 하면서도 한편으론 씁쓸하게 와 닿았다. 그분의 말은 이중적인 의미를 담고 있었다. 개도 지키는 법규를 왜 사람이 못 지키느냐는 질책성과 사람으로서 마땅히 지켜야 할 것을 못 지키면 짐승보다 못하다는 원색적 표현이었다.

그 분의 말을 곱씹으며 절대 이런 말은 듣고 살지 말자며 다짐했다. 그래서 개의 눈에도 인간의 삶이 아름답게 비춰진다면 이 또한 좋을 것이다. 아무 일 없다는 듯이 태연하게 저만치 걸어가는 녀석을 왜 사람들이 좋아하는지 알 것 같았다.

“마땅히 지켜야 할 것을 지키는 것이 올바른 삶임을 알게 하시니 감사합니다. 한 마리의 개를 통해서도 인간의 삶을 교훈하게 하시니 감사합니다. 또한 사람들의 잘못도 너그러이 용서하는 ‘방범대원’이 밤마다 우리 동네를 지켜주고 있음을 감사합니다.”

4일 "예정에도 없던 약속"

뜻밖에 접한 소식으로 어머니에게 마음을 쓰게 하시니 감사합니다. 어머니의 연약함을 가슴으로 헤아릴 수 있고 아들의 존재만으로 그 아픔을 덜어줄 수 있다는 것이 감사합니다. 어머니가 치아가 안 좋으시지만 다른 큰 병은 없이 건강하게 해 주셔서 감사합니다. 이번 일로 고향에 내려가 어머니와 좋은 시간을 보낼 수 있으니 또한 감사합니다.

어머니와 통화를 했더니 내일 치과에 가신다고 한다. 틀니를 껴 넣기 위해 앞니 네 대, 어금니 두 대를 뽑는다고 하셨다. 어머니가 치과에서 감내해야 할 육신의 고통이 눈에 선해 마음이 편치 않았다. 젊은 사람도 꺼리는 치과 치료를 연로하신 어머니가 며칠 동안 받을 생각을 하니 그런 당신이 측은하게 느껴진다.

그래서 어머니에게 예정에도 없던 약속을 하고 말았다. 이번 주에 고향에 내려가겠다고 말이다. 아들을 볼 수 있다는 것이 어머니 마음에 위안이 되어 통증을 잘 참아내고 치과 치료를 잘 마치셨으면 좋겠다.

"뜻밖에 접한 소식으로 어머니에게 마음을 쓰게 하시니 감사합니다. 어머니의 연약함을 가슴으로 헤아릴 수 있고 아들의 존재만으로 그 아픔을 덜어줄 수 있다는 것이 감사합니다. 어머니가 치아가 안 좋으시지만 다른 큰 병은 없이 건강하게 해 주셔서 감사합니다. 이번 일로 고향에 내려가 어머니와 좋은 시간을 보낼 수 있으니 또한 감사합니다."

5일

"감사 덕분에"

불평으로 불행을 연습하지 않고 감사로 행복을 연습하게 하시니 감사합니다. 또한 가장 풍성한 식탁은 반찬의 가지 수가 아닌 감사의 가지 수임을 깨닫게 하시니 감사합니다.

밥솥에 쌀을 얹히고는 책을 폈다. 기다리는 동안 여유롭게 책을 읽다가 밥을 먹을 생각이었다. 그런데 한참이 지나도 취사에서 보온으로 넘어가는 "탁" 소리가 나질 않았다. 이상하다 싶어 밥솥을 살폈더니 플러그가 빠져 있었다. 순간 화가 치밀어 올랐다. 참 멍청하기도 하다며 몇 번이고 머리를 쥐어박았다. 평정심을 잃고 나니 다시 기다리는 시간이 모를 심고 벼를 수확하는 기간처럼 길게 느껴졌다.

하지만 애써 마음을 바꿨다.

쌀이 물에 적당히 불어 밥이 잘 되겠다며 불평을 감사로 돌렸다. 밥을 배고픈 상태에서 먹으면 맛이 더 좋겠다며 불만을 감사함으로 돌렸다. 감사 덕분에 어느 때보다 맛있는 저녁식사를 할 수 있었다.

"불평으로 불행을 연습하지 않고 감사로 행복을 연습하게 하시니 감사합니다. 또한 가장 풍성한 식탁은 반찬의 가지 수가 아닌 감사의 가지 수임을 깨닫게 하시니 감사합니다."

6일

"오! 아름다워라"

하나님께서 빚으신 이 땅의 아름다움을 보게 하시니
감사합니다. 가슴에 말을 걸어오는 만물의 소리를 들을 수 있게 하시니
감사합니다. 하나님이 지으신 모든 세계를 마음속에 그리며 하루를
시작하게 하시니 감사합니다.

이른 아침 집 근처 야산으로 산책을 다녀왔다. 밤새 자연이 조성한 청정한 공기가 시원하고 상쾌했다. 긴 밤을 보내야만 맞이할 수 있는 하루의 가장 평온한 시간이다.

도서관 옆 길가에 피어난 나팔꽃이 여전히 정겨웠다. 꽃잎에 깃들어 있는 싱그러운 보랏빛은 언제라도 발걸음을 멈추게 한다. 햇살의 따스한 입김에 아직 부풀지 않아 그 모양이 차분하고 고즈넉해 보였다. 나에게 속삭이며 성급히 여름을 부르지 말라고 한다.

활터 옆으로 터진 샛길을 지나 오솔길을 총총걸음 하는데 그 길이 어릴 적 노닐던 마당처럼 푸근했다. 걸음걸음 내 딛는 중에도 이름 모를 잎사귀가 살결을 스치며 나에게 장난을 걸어온다. 그리고는 이내 수줍어하며 다른 풀잎 뒤에 숨어 찾아보라고 한다.

멀지 않은 곳에서 전해지는 꽃향기가 기갈처럼 몸속을 파고 들었다. 몸의 숨구멍도 때를 틈타 하늘을 향해 크게 입을 벌린다. 이내 가슴이 맑아지고 살결이 싱싱해진다.

꼭대기에 다 닿으니 구름위에 올라선 것처럼 탁 트인 시야가 나를 반겨주었다. 눈앞 가득 펼쳐진 자연의 아름다움에 온몸이 눈을 떴다. 때마침 불어온 산들바람에 낙엽이 눈처럼 흩날렸다.

"하나님께서 빚으신 이 땅의 아름다움을 보게 하시니 감사합니다. 가슴에 말을 걸어오는 만물의 소리를 들을 수 있게 하시니 감사합니다. 하나님이 지으신 모든 세계를 마음속에 그리며 하루를 시작하게 하시니 감사합니다."

7일

"염려는 이제 그만"

생각보다 잘 깎아놓은 머리에 거울을 자꾸 들여다보게 하시니 감사합니다. 내가 염려하는 것들이 실제로 일어날 가능성은 극히 드물다는 것을 몸소 경험케 하시니 감사합니다.

퇴근길에 미용실을 들렀다. 처음 찾은 곳이라 다소 신경이 쓰였다. 머리를 망칠까봐 서였다. 불안감을 떨치고자 미용실이 다 거기서 거기라며 마음속으로 위안했다.

하지만 우려는 현실이 되었다. 주인아주머니가 T.V.와 내 머리를 번갈아 보며 가위질을 하는 것이다. 이따금 웃음소리도 들려왔다. 아주머니는 산만함을 연출하며 불쾌한 행위를 계속했다. 눈치를 주려고 헛기침을 해도 소용없었다. 난 차마 속내를 말할 수 없어 인상을 찡그리며 거울만 주시했다. 그리고 인내심이 한계에 이르자 아예 눈을 감아버렸다. 미용실을 잘못 선택한 나를 자책하며 될 때로 되라 식으로 마음도 비웠다.

조금 뒤 눈을 뜨니 거울에 다른 모습의 얼굴이 비추었다. 난 두 눈을 의심했다. 머리를 흡족할 만큼 잘 깎아 놓은 것이다. 뜻밖의 상황에 굳어진 얼굴이 활짝 펴졌다. 기분 좋게 값을 치르고 옷을 주섬주섬 입는데 주인아주머니가 한마디 던졌다. 그분의 말에 오늘 찾은 미용실을 단골 삼기로 했다.

"손님, 저 때문에 신경 많이 쓰였죠? 사실 제가 드라마를 너무 좋아해요. 다음에 오실 때는 손님 마음 불편하지 않도록 조심하도록 할게요."

"생각보다 잘 깎아놓은 머리에 거울을 자꾸 들여다보게 하시니 감사합니다. 내가 염려하는 것들이 실제로 일어날 가능성은 극히 드물다는 것을 몸소 경험케 하시니 감사합니다."

8일

"유츄프라카치아"

나를 꽃보다 더 귀히 여기시는 하나님의 사랑에 감사합니다.
꽃보다 향기로운 그 사랑으로 매일같이 나를 감싸시고 보듬어 주시고
어루만져 주시니 감사합니다.

연극을 관람했다. 제목은 '유추프라카치아' 헬렌켈러의 스승인 앤 설리반 선생의 어두웠던 과거를 다룬 감동적인 연극이었다.

이야기는 이러했다. 어린 설리반이 남북전쟁 당시 부모와 동생을 잃고 절망적인 삶을 살 때 그녀에게 손을 내민 사람이 있었다. 바로 정신병원의 수간호사인 애니였다. 그녀의 따뜻한 손길로 설리반은 역경을 딛고 일어나 다시금 세상의 빛을 볼 수 있었다. 두 개의 대사가 마음깊이 와 닿았다. 극중에서 애니가 설리반에게 이렇게 말했다.

"난 가득 찬 물 잔에 한 방울을 더 했을 뿐이야."

그 물방울은 설리반에게 생명의 물방울이었던 것이다. 그

래서 설리반을 통하여 헬렌 켈러라는 위대한 사람도 탄생할 수 있었던 것이다. 두 번째는 애니가 설리반을 안아주면서 한 말이다.

"누군가 널 진작 안아주었더라면…"

오직 '품'만이 가장 따뜻한 천국이라는 생각이 들었다. 품에 안을 수 있다는 것도, 품에 안길 수 있다는 것도 마음이 가난한 우리에게는 얼마나 놀라운 특권인지…

연극이 끝난 후 유추프라카치아가 어떤 꽃인지를 알고는 하나님께 감사하지 않을 수 없었다. 생각해보니 내가 유추프라카치아였던 것이다.

유추프라카치아는 결벽증이 강한 식물이라고 한다. 누군가 혹은 지나가는 생물체가 조금이라도 몸체를 건드리면 그날부터 시름시름 앓다가 결국엔 죽고 마는 것이다. 하지만 이 식물을 건드렸던 사람이 내일도 모레도 애정을 가지고 계속해서 건드려 주면 죽지 않는다고 한다. 결벽증이 심한 이 식물은 오히려 한없이 고독한 식물이었던 것이다. 그래서 꽃말 또한 "사랑을 주세요"라고 한다.

나도 이 꽃처럼 하나님께서 사랑으로 만져주시지 않으면

단 하루도 살 수 없는 연약한 존재인 것이다. 그분께서 매일 품어주시고 사랑해 주시기에 하루하루 생명력 있게 살아갈 수 있는 것이다.

"나를 꽃보다 더 귀히 여기시는 하나님의 사랑에 감사합니다. 꽃보다 향기로운 그 사랑으로 매일같이 나를 감싸시고 보듬어 주시고 어루만져 주시니 감사합니다."

9일 "내 생의 가장 긴 수업"

오래전 기억을 통해 죄 짓고 못 산다는 것을 다시금 생각하게 하시니 감사합니다. 삶을 떳떳하게 살려면 평소 선한 양심을 마음속에 지녀야 함을 깨닫게 하시니 감사합니다. 그 때 나를 쫓아오던 할아버지가 달리기 선수가 아니었음을 감사합니다.

서점에서 알랭드 보통의 〈불안〉이라는 책을 읽으면서 불안이 어떤 마음상태인지를 금세 알 수 있었다. 생생한 오래전의 기억 때문이었다.

초등학교 시절, 친구 집을 가던 중에 길가에 심겨진 대추나무가 눈에 들어왔다. 빨갛고 실한 것이 너무도 먹음직했다. 난 주변을 의식하지 않고 스스럼없이 대추를 땄다. 몇 개의 대추를 주머니에 넣고 그 중 한 개를 깨물려는데 어디선가 "야, 이놈들아!"라는 호통소리가 들려왔다. 그리고는 할아버지 한 분이 저 만치에서 달려오셨다.

난 대추를 던져 놓고는 친구와 무작정 뛰었다. 한참을 뛰고도 할아버지가 또 따라올까 싶어 더 뛰었다. 잔득 겁에 질려 친구 집을 포기하고 집으로 갔다.

다음 날, 학교를 가는데 할아버지가 교실에 와 계실 것만 같았다. 난 복도를 서성이다 창문으로 교실 안을 확인하고서야 들어갈 수 있었다.

수업 중에도 불안하기는 마찬가지였다. 할아버지가 문을 열고 들어오실 것만 같아 시선이 자꾸 그쪽으로만 갔다.

복도에서 걸음소리만 들려도 할아버지가 양 옆에 경찰을 거느리고 나를 잡으러 오는 것 같았다. 극심한 불안감에 배가 아프고 입술이 타들어갔다. 내가 범죄자라는 생각에 도무지 마음을 진정시킬 수 없었다.

그 때였다.

수업 도중에 누군가 문을 노크했다. 극히 드문 일이라 숨을 제대로 쉴 수 없었다. 손발이 떨리고 머릿속이 하얘졌다. 문을 향해 걸어가는 선생님을 보며 '이제 올 것이 왔구나!'라며 모든 것을 체념했다. 선생님이 자리를 비워 신이 난 친구들과 달리 난 혼자서 안절부절 못했다.

선생님은 조금 뒤 교실 안으로 들어오셨다. 그런데 선생님의 표정을 보니 평소와 다를 바가 없었다. 나와 아무 상관없는 일인 듯 했다. 심호흡을 하며 다시 한 번 가슴을 쓸어내렸다. 그렇게 마지막 수업까지 마치고 나서야 마음의 안정을 찾을 수 있었다. 내 평생 잊지 못할 가장 긴 수업시간이었다.

“오래전 기억을 통해 죄 짓고 못 산다는 것을 다시금 생각하게 하시니 감사합니다. 삶을 떳떳하게 살려면 평소 선한 양심을 마음속에 지녀야 함을 깨닫게 하시니 감사합니다. 그 때 나를 쫓아오던 할아버지가 달리기 선수가 아니었음을 감사합니다.”

10일

"벌금보다 은혜"

죄에 빠져 허무한 시절 보낼 때도 버려두지 않으시고 그 수렁에서 건져내 주시니 감사합니다. 때를 따라 돕는 은혜 가운데 싸울 힘을 주시고 그 힘에 의지하여 이겨내게 하시니 감사합니다. 지난날의 경험을 통해 오직 은혜로만이 내가 강해질 수 있음을 확신케 하시니 감사합니다.

"또한 너는 청년의 정욕을 피하고 주를 깨끗한 마음으로 부르는 자들과 함께 의와 믿음과 사랑과 화평을 따르라"(딤후 2:22).

성경을 읽다가 피식 웃음이 새어나왔다. 이 말씀대로 살아보려고 거룩한 난리(?)를 쳤던 적이 있었기 때문이다. 다시 생각해보면 우습기도 하면서도 한편으론 그런 마음을 가졌다는 것이 대견스럽기만 하다.

청년부 시절, 특정한 죄를 떨쳐버릴 요량으로 비장의 칼을 빼어든 적이 있다. 그 비장의 칼이란 죄를 짓게 되면 하나님께 벌금 20만원을 바치는 것이다. 율법에도 존재하지 않는 이러한 법안(?)이 마련된 데에는 피치 못할 사연이 있었다.

언제부턴가 밤이 깊어지면 TV에서 나오는 선정적 영상물에 정신을 빼앗겨 버리는 것이었다. 죄는 보는 것에서 시작된다더니 잠깐이 한참이 되고 하루만 보겠다는 것이 몇 주가 지나도 멈출 기미가 보이질 않았다. 젊음은 유혹의 손길이 닿지 않아도 저절로 유혹에 빠지기 쉽다 했거늘 눈은 분별력을 상실하고 마음은 자제력을 잃다보니 육안을 비집고 들어오는 영상물의 요염한 손길은 속수무책이었다. 죄악의 노크에 문을 열어주게 되면 결과가 늘 그러하듯이 만족은 짧고 후회는 길었다.

이러한 삶이 자연스런 일상이 되어 죄책감 없이 즐길까 싶어 두려운 마음이 들었다. 죄로 인해 시름시름 앓아 가는 영혼의 회복을 위해 결단을 내렸다. 그리고 어느 날 양심을 증인삼아 서원기도를 올렸다.

"하나님, 제가 또 다시 두 눈을 더럽히면 벌금으로 20만원을 내 놓겠습니다. 부디 정결한 삶을 살 수 있도록 도와주세요."

나의 영적상태가 어떠한지를 분명히 인식하고 있는지라 마음도, 기도도 더 없이 간절하였다. 한 번의 서원과 기도만으로 삶에서 왕 노릇하는 음란의 죄악이 단번에 끊어질 줄 알았다.

하지만 음란이 뻗친 뿌리는 생각보다 깊었다. 불과 이틀이 못 되어 눈과 마음이 따로 논 것이다. 죄를 짓지 않겠다며 기를 쓰고 이를 악물어도 역부족이었다. 그 만큼 영혼이 병들었다는 증거이기도 했다. 난 서원한 금액을 미련 없이 주일에 헌금했다.

당시 나의 처지를 감안할 때 그 돈은 생계를 위협하는 과다한 지출이었다. 그럼에도 형편을 넘어선 거금(?)을 책정한 데에는 이유가 있었다. 감당할 정도의 약소한 금액을 걸었다가는 효과가 없으리라는 판단에서였다. 그렇게 무리를 해서라도 죄악의 사슬을 끊고 싶었다.

마음을 추스른 후 다시 한 번 하나님께 서원기도를 올렸다. 시작했으니 끝을 보겠다는 거룩한 오기도 발동했지만 이 번 만큼은 될 성도 싶었다.

"하나님, 제가 또 다시 영상물을 접하게 되면 이번에도 20만원을 내놓겠습니다. 주님께서 연약한 저를 붙드셔서 청년의 정욕을 피하게 하시고 부디 정결한 삶을 살 수 있도록 도와주세요."

하지만 음란이 뻗친 뿌리는 참으로 깊었다. 또 다시 죄에 빠져 사경을 헤맨 것이다. 눈은 보아도 족함이 없었고 눈동자는 죄에서 눈을 떼지 못했다. 죄가 만족을 얻기까지 눈을 멀게 했고 죄가 배부를 때까지 마음을 어둡게 했다. 죄 앞에 마음은 급했고 죄를 향해 달음질하는 나의 눈은 빨랐다.

죄를 통해 또 다른 나를 보았다. 바울의 고백처럼 나의 내적 존재는 하나님의 법을 좋아하지만 내 육체에는 또 다른 법이 있어 그것이 내 마음과 싸워서 나를 아직도 내 안에 있는 죄의 종으로 만들고 있다는 것을 말이다.

죄 앞에 나란 인간이 얼마나 무기력한 존재인지 똑똑히 보았다. 자신감에 차있을 땐 스스로를 전능(?)하다고 착각하는 난 결국 인간이었다. 오만함에 들떠 있을 땐 무엇이든 할 수 있다고 과신하는 난 결국 사람이었다. 하나님이 흙으로 빚어 코에 생기를 불어 넣어준 질그릇 조각 같은 유약한 존재인 것이다. 티끌로 터를 삼고 하루살이 앞에서도 무너질 연약한 존재인 것이다.

그런 나이기에 내 안의 죄성은 인간적인 노력으로는 해결할 수 없는 것이다. 전적으로 하나님의 은혜가 아니고서는 죄를 끊어낼 수도, 이겨낼 수 도 없는 것이다. 인간의 위엄으로는 죄를 떨게 할 수도 두렵게 할 수도 없는 것이다. 오직 하나님의 권세만이 죄를 발아래 굴복시킬 수 있는 것이다.

그러기 위해선 벌금보다 은혜가 앞서야 했다. 노력보다 은혜가 먼저여야 했다. 육체의 지혜로 하지 아니하고 하나님의 은혜로 행함이 나의 자랑이 되어야 했다. 때를 따라 돕는 은혜를 얻기 위하여 은혜의 보좌 앞에 담대히 나가야했다. 이것을 깨닫고 나서야 머지않아 거룩한 밤을 보낼 수 있었다.

"죄에 빠져 허무한 시절 보낼 때도 버려두지 않으시고 그 수렁에서 건져내 주시니 감사합니다. 때를 따라 돕는 은혜 가운데 싸울 힘을 주시고 그 힘에 의지하여 이겨내게 하시니 감사합니다. 지난날의 경험을 통해 오직 은혜로만이 내가 강해질 수 있음을 확신케 하시니 감사합니다."

11일

"또 하나의 이름"

잘 지은 이름이 중요한 것이 아닌 이름값 하는 인생이 더 값진 것임을 깨닫게 하시니 감사합니다. 사울이 바울이라는 이름으로 바뀌고 나서 하나님께 쓰임 받기 시작했던 것처럼 내 인생 또한 그렇게 될 줄 믿기에 감사합니다.

이름과 관련된 재미난 기사를 읽고는 한참을 웃었다. 우리나라 사람들의 실제 이름을 모아 놓은 것인데 각양각색의 이름들이 기상천외하기까지 했다.

"박사, 천사, 전화, 우주, 지구, 한국인, 천왕성, 남달리, 신문지, 양계장, 피해자, 이매일, 현상범, 조랑말, 배태랑, 도레미, 남자야."

성경에도 이런 재미난 이름들이 있을지 호기심이 발동했다. 성경처럼 많은 인물이 등장하는 책도 세상에 없을 것이기 때문이다. 다방면으로 자료를 뒤져보았다. 그리고 한참 후에 원하는 것을 찾을 수 있었다. 독특한 이름을 가진 성경의 인물들은 생각했던 것보다 많았다. 매일 같이 보는 성경에 이러한 이름들이 진작부터 있었다는 것이 참으로 신기하기만 했다.

삽 - 블레셋의 장대한 아들

소 - 호세아 왕이 도움을 요청한 애굽 왕

가보 - 바울의 친구

나비 - 납달리인 웝시의 아들

부시 - 에스겔 선지자의 부친

바삭 - 아셀 지파인 야블렛의 장자

소박 - 소바와 하닷에셀의 군대장관

사게 - 다윗의 용사로서 요나단의 부친

살래 - 포로기 이후의 레위 제사장 가문 이름

다라 - 유다와 다말 사이에 태어난 세라의 아들

라이스 - 발디의 부친

다르다 - 솔로몬 때 유명한 지혜자

그리다 - 이방 여인과 이혼한 레위 족속

나아라 - 유다 지파 드로아의 부친 아스훌의 첩

골라야 - 포로 귀환 후 예루살렘에 거주한 베냐민 자손

문득 내게도 새로운 이름이 생겼으면 좋겠다는 생각이 들었다. 혈통에서 내려오는 가문의 이름이 아닌 성경의 위대한 인물

들처럼 삶을 통해 지칭되는 이름말이다.

노아 - 하나님과 동행한 사람

아브라함 - 하나님의 친구

모세 - 온유한 사람

다윗 - 하나님 마음에 합한 사람

한참을 고민 끝에 내가 듣고 싶어 하는 이름을 지었다. 그리고 이름에 걸 맞는 삶을 살아야겠다고 다짐했다.

조이현 - 세상에서 가장 하나님을 사랑한 사람,
그리고 하나님의 은혜를 가장 많이 입은 사람.

"잘 지은 이름이 중요한 것이 아닌 이름값 하는 인생이 더 값진 것임을 깨닫게 하시니 감사합니다. 사울이 바울이라는 이름으로 바뀌고 나서 하나님께 쓰임 받기 시작했던 것처럼 내 인생 또한 그렇게 될 줄 믿기에 감사합니다."

12일

"나만의 명언"

짧은 글로 긴 인생을 함축할 수 있는 창작의 재능을 주셔서
감사합니다. 또한 즐거움으로 자초하는 고뇌와 사유의 정신적 노동이
나의 삶을 윤택하게 하시니 감사합니다.

예전부터 '나만의 명언'을 만들어 보겠다던 야심찬 계획을 오늘에야 끝냈다. 나름의 고뇌와 깨달음을 통해 얻어진 정신적 산물이여서 더 각별하게 와 닿는다.

1. 하나님은 벙어리의 말 없는 기도에도 신실하게 응답하신다.
2. 천 냥 빚은 말이 아닌 땀으로 갚아야 다시 빚을 지지 않는다.
3. 어리석음이란 귀를 필요로 하는 곳에 혀를 사용하는 것이다.
4. 바람이 멈추는 순간 바람이 아니듯 사랑이 멈추는 순간 삶이 아니다.
5. 기도란 땅의 염려를 하늘에 맡기는 것이다.
6. 사탄 빰치는 천하의 악인도 하나님의 은혜 앞에선 영원한 악인일 수 없다.
7. 겨울은 가난하다고 생각하는 이에게 먼저 찾아오고, 봄은 설레 임을 안고 뒤뜰을 서성이는 이에게 먼저 찾아온다.

8. 프로란 멍석을 깔아주었을 때 더욱 돋보이는 사람이다.

9. 건전지를 빼내어 시계를 멈출 순 있어도 결코 시간을 멈출 순 없다.

10. 악한 것은 이름조차 부르지 말고 선한 것은 모양이라도 버리지 말라.

11. 술, 담배를 못 끊는 게 아니다. 다만 습관을 못 끊는 것이다.

12. 거친 말은 채찍과 같아서 사람의 마음에 상처라는 흔적을 남긴다.

13. 하나님의 약속을 믿는 것보다 중요한 것은 그 약속이 성취되기까지 믿음으로 기다리는 일이다.

14. 역경을 이겨내는 가장 좋은 방법은 먼저 마음으로 일어서는 것이다.

15. 별이 빛나는 이유는 별 볼일 없는 사람에게도 공평하게 비추이기 때문이다.

16. 삶이란 오늘 주어진 몫을 파지 않으면 내일은 파지 않은 만큼 묻히는 법이다.

17. 사랑하다 입은 상처는 또 다른 사랑으로 치유된다.

18. 교만은 삶을 공격하는 마음의 골리앗이다.

19. 왼손이 알아주기를 바라는 오른손의 선행은 사람을 기쁘게 하고 왼손이 모르게 하는 오른손의 선행은 하나님을 기쁘시게 한다.

20. 사람의 성숙(成熟)은 속성(速成)이 아닌 숙성(熟成)을 통해 이루어진다.

21. 열정은 삶이라는 불꽃에 기름을 붓는 격이다.

22. 고난의 순간에도 하나님과 동행하면 고난은 낭만이 된다.

23. 있을 때 잘하는 것이 섬김의 시작이다.

24. 기적이란 어제보다 조금은 더 나은 오늘을 사는 것이다.
25. 겸손이란 삶을 보존하는 마음의 안전지대이다.
26. 게으른 사람도 어떻게 게으를지에 대한 생각만큼은 결코 게으르지 않다.
27. 성공은 꿈꾸는 것으로 반을 이루고 행하는 것으로 나머지 반을 이룬다.
28. 기도는 물과 기름도 섞이게 만든다.
29. 어제보다 오늘이 덥다고 해서 태양이 더 가까이 내려온 것은 아니다.
30. 누군가를 향한 지속적인 미움은 결국 내 자신도 죽도록 미워하게 만든다.
31. 진심이 깃들지 않은 적선은 때론 주린 자의 마음을 상하게 한다.
32. 기회란 머뭇거리면 놓치고 성급하면 망친다.
33. 양심이 드러낸 순간의 부끄러움이 양심을 숨기는 삶의 부끄러움보다 언제나 낫다.
34. 죽음을 두려워하기보다 헛되이 죽는 것을 두려워하는 것이 지혜로운 삶이다.
35. 기적은 꿇은 무릎과 넘치는 감사에서 나온다.
36. 감사가 가득한 마음의 포만감은 종종 육신의 허기짐도 달래준다.
37. 행복은 통장의 넉넉한 잔고에 있지 않고 마음속에 축적된 풍성한 감사에 있다.

38. 벼락 치는 날에도 감사하라. 그러면 천둥소리도 경쾌한 선율로 들릴 것이다.

39. 불평이 가득한 사람은 넓은 하늘도 한 평처럼 좁아 보이고 감사가 가득한 사람은 한 평의 좁은 천장도 하늘처럼 넓어 보인다.

40. 불평이 가득하면 감사할 겨를이 없고 감사가 넘쳐나면 평생 불평할 겨를이 없다.

"짧은 글로 긴 인생을 함축할 수 있는 창작의 재능을 주셔서 감사합니다. 또한 즐거움으로 자초하는 고뇌와 사유의 정신적 노동이 나의 삶을 윤택하게 하시니 감사합니다."

13일

"동생의 사랑고백"

어려운 삶 가운데서도 따뜻한 마음을 품고 의젓하게 살아가는 동생이 있어 감사합니다. 아들의 뜻밖의 사랑고백에 당황하지 않고 다정하게 화답하신 어머니에게 감사합니다. 그들이 사랑하는 나의 가족이어서 감사합니다.

어머니께 내일 아침 첫 차를 타고 시골에 가겠다고 전화를 했다. 벌초 때문이었다. 그리고는 동생한테 전화가 왔는지 물어보았다. 뻔히 내려오지 못할 것을 알면서 말이다. 그랬더니 어머니는 그렇잖아도 나에게 이야기를 하려던 참이라고 했다. 어머니는 들떠 있는 목소리로 술 취한 동생이 어제 당신에게 전화를 했다고 하셨다. 자기는 잘 있으니 조금도 걱정하지 말라는 것이다.

동생은 어머니와 이런 저런 이야기를 나누다 건강하게 잘 지내시라는 말을 하고는 전화를 끊었다. 그런데 동생이 조금 뒤 다시 전화를 했다. 어머니에게 꼭 할 말이 있다는 것이다. 그 말을 하고서도 한참을 머뭇거렸다. 그리고 조금 뒤 수화기 너머로 이런 말이 들려왔다.

"어머니... 사랑해요."

뜻밖의 말에 깜짝 놀란 어머니도 아들에게 정겹게 화답을 했다.

"그래, 나도 우리 막내아들 사랑해."

피치 못할 사정으로 오랫동안 고향을 찾지 못한 동생이었다. 그런 녀석의 마음속에 늘 어머니에 대한 사랑과 그것을 표현하고 싶었던 마음이 있었던 것이다. 더욱이 동생은 집이 가난해서 어린 시절을 큰 집에서 자랐기에 "사랑해요" 라는 말에는 각별한 의미가 담겨 있었다. 어린 시절 자연스럽게 형성된 가치관으로 친부모에 대한 사랑이 분명 다른 형제들보다 덜할 것이기 때문이다.

동생은 "사랑해요"라는 짧은 말을 하기까지 긴 세월이 필요했을 것이다. 그 말을 하기까지 오랜 세월 숱한 다짐을 했을 것이다. 그런 동생이 나보다 먼저 "사랑해요"라는 아름다운 고백을 한 것이다. 다른 형제들이 어머니께 쥐어 주는 용돈보다 더 귀한 것으로 어머니 마음을 기쁘게 한 것이다. 오늘 동생을 통해 깨달은 것이 있다. 부모님에게는 사랑을 가장 잘 표현하는 자식이 가장 큰 효자라는 것을 말이다.

“어려운 삶 가운데서도 따뜻한 마음을 품고 의젓하게 살아가는 동생이 있어 감사합니다. 아들의 뜻밖의 사랑고백에 당황하지 않고 다정하게 화답하신 어머니에게 감사합니다. 그들이 사랑하는 나의 가족이어서 감사합니다.”

14일

"할머니의 뜨개질"

상황을 이겨내는 것도, 환경을 초월하는 것도 결국 사랑임을 깨닫게 하시니 감사합니다. 또한 사랑만으로도 한 겨울을 따뜻하게 보낼 수 있다는 것을 경험케 하시니 감사합니다.

집에 오는 길에 노점에서 뜨개질하는 할머니를 보았다. 추운날씨에 하얀 입김을 내 뿜으며 손을 더디 움직이시는 모습이 조금은 애처로워 보였다. 난 궁금증을 참지 못하고 누구를 위해 무엇을 뜨는 것인지 물어보았다. 손자에게 줄 모자라고 했다.

주름 가득한 얼굴로 겨우 말을 떼시는 할머니를 보니 빨리 만들어졌으면 좋겠다는 생각이 들었다. 할머니가 고생하며 뜨신 모자를 손자가 머리에 쓰고 "할머니, 감사합니다!" 라는 말로 당신의 꽁꽁 언 손을 하루 빨리 녹여줬으면 좋겠다.

"상황을 이겨내는 것도, 환경을 초월하는 것도 결국 사랑임을 깨닫게 하시니 감사합니다. 또한 사랑만으로도 한 겨울을 따뜻하게 보낼 수 있다는 것을 경험케 하시니 감사합니다."

15일 "살아 있을 때 잘해야지"

사소한 일을 통하여 사람의 소중함을 깨닫는 은혜를 주시니
감사합니다. 상대방을 감사함으로 대하는 것만으로도 사랑스런
존재로 여겨질 수 있음을 가르쳐 주시니 감사합니다.

아침에 김 집사님이 보내준 애니팡 하트가 그렇게 감사할 수 없었다. 그 분이 살아 계시다는 증거였기 때문이다.

어젯밤 잠자리에 들려는데 문득 김 집사님이 떠올랐다. 근래 우울증이 심해졌다는 얘기와 물건을 정리하는 꿈을 꾸었다는 것이 오버랩 되면서 불길한 예감이 들었다. 그러고 보니 요즘 소화도 안 되고 몸도 안 좋다는 말도 했었다. 그냥 느낌이려니 하고 생각을 떨치려 해도 마음속의 불안감은 커져만 갔다.

'밤사이 무슨 일이 생기려는 전조인가?'
'혼자 사시는 분이 뭔 일이라도 생기면 어떡하지…'

부정적인 생각들은 꼬리에 꼬리를 물고 연쇄적으로 반응을 일으켰다. 늦은 시간이라 차마 전화를 드릴 수도 없어서 속으로

애만 태웠다. 그 동안 친하다는 이유로 가끔 말도 함부로 하고 기분을 언짢게 했던 일들이 후회가 되었다. "있을 때 잘해"라는 말이 뼈 속 깊이 와 닿았다.

앞으로 그 분을 못 볼 사람인양 지난날을 회상하며 후회와 탄식을 반복했다. 그분에 대한 죄송함과 미안함에 도통 잠을 이룰 수 없었다. 겨우 눈을 붙이고 새벽녘에 잠이 깨어서도 비몽사몽간에 그분이 떠오를 정도였다.

그리고 늦잠을 자고 있는데 핸드폰에서 익숙한 소리가 들려왔다. 눈꺼풀이 반쯤 덮인 눈으로 확인해보니 김 집사님이 보낸 애니팡 하트였다. 순간 정신이 번쩍 들고 전 날의 기억이 주마등처럼 스쳐갔다. 허구 한 날 지겹도록 보내주던 게임하트가 오늘은 왜 그리도 반갑던지…

"살아계셨구나!"

난 마치 죽은 사람이 돌아온 것처럼 마음으로 덩실덩실 춤을 추었다. 그리고 입술에서는 "감사합니다. 감사합니다"라는 말이 연신 흘러나왔다. 이번 일을 통해 깨달은 것이 있다. 오늘 만나는 모든 사람을 내일 못 볼 수 있다는 마음가짐으로 대해야 한다는 것이다. 이런 마음으로 살아간다면 사람들에게 상처를 줄 일도, 상처를 받을 일도 줄어들 것이다. 그리고 내 주변의 모든 사람들이 사랑스럽고, 그 분들의 존재 자체가 너무도 감사할 것이다.

"사소한 일을 통하여 사람의 소중함을 깨닫는 은혜를 주시니 감사합니다. 상대방을 감사함으로 대하는 것만으로도 사랑스런 존재로 여겨질 수 있음을 가르쳐 주시니 감사합니다."

16일

"감사 일기의 위력"

귀한 집사님을 통해 감사 일기를 쓸 수 있는 특별한 은혜를 주시니 감사합니다. 감사가 회복되면 몸이 회복되고 나아가 삶도 회복될 수 있음을 확신케 하시니 감사합니다. 행복해서 감사 일기를 쓰는 것이 아니라 감사 일기를 쓰기에 행복한 삶이 된다는 것을 다시 한 번 깨닫게 하시니 감사합니다.

감사 일기를 쓸 수 있도록 도움을 주신 집사님을 만났다. 안부를 묻기에 글을 쓰고 있다고 했더니 소제가 되었으면 좋겠다며 자신의 이야기를 들려주었다. 그분의 이야기에 놀라지 않을 수 없었다. 그리고 감사일기의 위력을 다시 한 번 실감할 수 있었다.

그분은 세 살 때 결핵성 뇌막염에 걸려 간질증세로 고생해 왔다. 그 병은 오랜 세월 그분의 몸과 마음을 피폐하게 했다. 첫 발작은 중학교 1학년 때였다. 그는 수업 중에 발작을 일으키며 무작정 복도로 뛰쳐나갔다. 그리고는 바닥에 나뒹굴며 몸을 바들바들 떨었다. 하지만 그것은 시작에 불과했다. 그 후로는 정도가 더 심해져 다른 반까지도 심각한 피해를 입혔다. 그런 그에게 학교에서 내려준 조치는 2년간의 휴학이었다. 그리고 다른 학교에 들어가서도 증세가 여전하여 결국 자퇴를 하게 되었다.

그는 길을 걷다가도, 지하철에서도 발작을 했다. 심지어는 고속버스에서도 발작을 하여 중간에 내려야만 하는 수모를 겪기도 했다. 많게는 하루 스무 번을 넘게 발작하는 그에게 사람들은 등을 돌렸다.

그랬던 그가 놀랍게 몸이 회복되기 시작한 건 감사 일기를 쓰면서 부터였다. 그는 삶에 좋고 나쁜 일을 모두 감사로 여기며 하나님께 기도했다. 그리고 감사의 고백을 주체할 수 없어 매일매일 글로 옮겼다. 그 후 몇 년이 지나자 그의 발작은 일상에서 극히 드문 일이 되어버렸다.

"귀한 집사님을 통해 감사 일기를 쓸 수 있는 특별한 은혜를 주시니 감사합니다. 감사가 회복되면 몸이 회복되고 나아가 삶도 회복될 수 있음을 확신케 하시니 감사합니다. 행복해서 감사 일기를 쓰는 것이 아니라 감사 일기를 쓰기에 행복한 삶이 된다는 것을 다시 한 번 깨닫게 하시니 감사합니다.

17일 "마음을 파고들려면"

마음은 오직 마음을 통해서만이 변화된다는 것을 알게 하시니 감사합니다. 글과 노래를 넘어 삶의 모든 영역이 마음에서 마음으로 전해지는 신비한 영역임을 깨닫게 하시니 감사합니다.

유 튜브에서 가수 임재범의 '여러분'을 듣고는 감회가 새로웠다. 청중을 압도하는 카리스마와 뛰어난 가창력 때문만은 아니었다. 가사를 통해 고스란히 전해지는 그분의 애절한 심정 때문이었다.

사람들이 감정이입이 되다보니 노래가 중반에 접어들자 곳곳에서 다양한 반응이 일었다. 어떤 분은 조용히 눈을 감고 가사를 음미했고, 어떤 분은 감정을 억제하며 소리 없이 흐느꼈다. 그리고 노래가 끝나자 사람들이 일제히 기립하며 환호와 뜨거운 박수갈채를 보냈다.

그 장면이 너무도 인상적이어서 몇 번을 되돌려 봐도 나로선 그저 놀라울 뿐이었다. 가수의 진심어린 마음이 가사를 통해 사람들의 마음에 고스란히 스며들었기에 가능했던 일일 것이다.

가수와 방청객이 하나가 되는 아름다운 장면을 보며 나도 글을 그렇게 써야겠다는 생각이 들었다. 문장의 기교로 독자의 마음을 파고드는 것이 아닌 글속에 나의 진심을 담아 다가서야겠다고 말이다.

어느 소설가의 말처럼 머리로 쥐어짠 글이라면 글을 읽는 사람도 머리가 지끈지끈 아프겠지만 가슴으로 써 내려간 글이라면 읽는 사람도 분명 가슴이 저려올 것이기 때문이다. 그래서 독일의 위대한 문학가 파우스트가 진작 이런 말을 했나보다.

"마음을 파고들려면 마음에서 우러나와야 한다."

"마음은 오직 마음을 통해서만이 변화된다는 것을 알게 하시니 감사합니다. 글과 노래를 넘어 삶의 모든 영역이 마음에서 마음으로 전해지는 신비한 영역임을 깨닫게 하시니 감사합니다.

18일

"최고의 보험"

아무런 자격 없는 저를 천국 보험에 가입해 주시니 감사합니다.
믿음의 고백만으로도 그 보장성이 영원함을 감사합니다. 그리고
천국보험의 설계자가 누구보다 믿을 수 있는 하나님이심을
감사합니다.

오늘 종합보험을 들었다. 그 동안 주변의 많은 사람들이 보험을 권유했지만 여유가 없어 차일피일 미뤄오던 차였다. 그런데 신기한 것은 종합보험을 들고 나니 현실을 대하는 마음가짐이 다른 것이다. 불안정한 세상에서 삶을 기댈 확실한 대비책을 세워 놨다는 것이 그렇게 든든할 수 없었다.

이제는 아프거나 다치는 것이 그다지 걱정되지 않았다. 보험증서가 효력을 발휘하기 때문이다. 위급한 상황이 발생할지라도 병원비를 염려하지 않아도 되는 것이다. 왜 사람들이 그토록 보험에 매달리는지 알 것 같았다.

보험증서를 읽다가 오래 전에 들어 놓았던 또 하나의 보험이 떠올랐다. 너무 무관심하다보니 그 동안 잊고 있었던 것이다. 그때 보험을 들고 나서 기쁘다 못해 감격했던 기억을 지금도 잊을 수 없다. 보험을 들 수 있는 자격도 안 되는 내가 쉽게

가입되었기에 더 그러했는지도 모르겠다.

그 보험이 너무도 좋아 한 동안 주변 사람들에게 뜨겁게 권했다. 어떤 분은 순순히 가입했고 또 어떤 분은 매몰차게 거절했다. 그래도 난 그 보험이 너무도 좋아 확신을 가지고 시시때때로 전했다. 난 그 보험의 예찬론자였다.

오늘을 계기로 "천국보험"의 가입을 다시 주변사람들에게 권해야겠다. 단 한 번의 가입만으로도 영원까지 보장받을 수 있다고 말이다. 마음만 열려있다면 보험료는 조금도 걱정하지 않아도 된다고 말이다. 보험으로 노후대책을 세우는 것도 중요하지만 그 보다 더 중요한 것은 사후대책이기 때문이다.

"아무런 자격 없는 저를 천국 보험에 가입해 주시니 감사합니다. 믿음의 고백만으로도 그 보장성이 영원함을 감사합니다. 그리고 천국보험의 설계자가 누구보다 믿을 수 있는 하나님이심을 감사합니다."

19일 "불행속의 두 가지 감사"

감사의 조건은 상황에 있는 것이 아닌 마음에 있는 것임을
깨닫게 하시니 감사합니다. 지난날 나의 육신의 고통이 훗날
누군가에게 작은 즐거움이 되게 하시니 감사합니다.

구역식구들과 군대 이야기를 했다. 훈련소에서 있었던 내 얘기를 듣고는 다들 배꼽을 잡았다. 난 훈련소에서 머리에 쓰인 철모를 총의 개머리판으로 자주 두들기곤 했다. 매번 턱 끈을 풀고 머리를 긁는 것이 귀찮기도 했지만 그렇게 하면 머리가 시원해서였다.

어느 날 머리가 너무도 가려워 또 한 번 익숙한 동작을 반복했다. 하지만 눈앞에 전혀 다른 상황이 펼쳐졌다. 머리를 내려치는 와중에 땅 바닥에 놓인 철모가 눈에 들어온 것이다. 순간 머릿속으로 위험을 인식했지만 동작을 멈출 순 없었다. 조금 뒤 두 손으로 머리를 감싸고 땅바닥에 나뒹굴어야했다.

그 와중에도 두 가지를 감사했다. 머리가 깨지지 않은 것을 감사했고, 정신이 돌지 않은 것을 감사했다. 어떤 불행 가운데

서도 감사꺼리는 있기 마련인가 보다.

"감사의 조건은 상황에 있는 것이 아닌 마음에 있는 것임을 깨닫게 하시니 감사합니다. 지난날 나의 육신의 고통이 훗날 누군가에게 작은 즐거움이 되게 하시니 감사합니다."

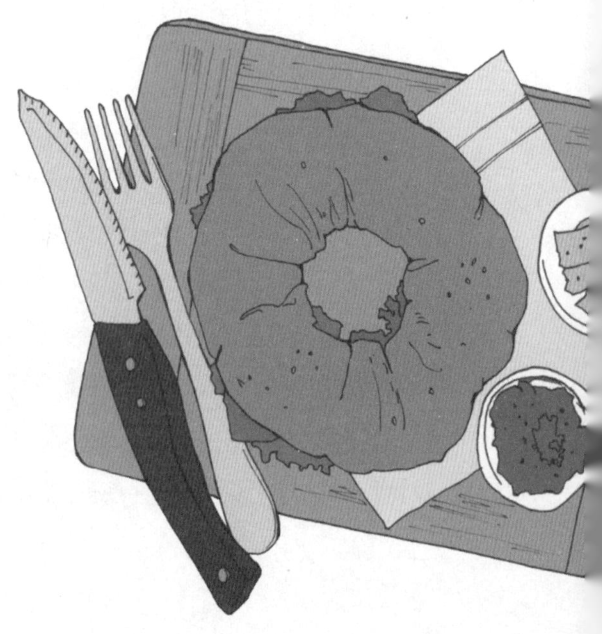

20일

"처음 들은 칭찬"

아버지의 지난날의 부족함과 빈자리를 채워주는 형이 있어
감사합니다. 작은 일에도 마냥 기뻐하시는 순박한 어머니가 날이
갈수록 웃을 일이 많아지니 감사합니다.

저녁을 먹고 나서 어머니와 통화를 했다. 어머니는 기분이 매우 좋으셨다. 이유인즉 형이 어머니가 담가 준 김치를 먹고는 식당 하셔도 되겠다며 음식솜씨를 칭찬한 것이다.

어머니는 형한테서 이런 말을 처음 들었다며 통화 내내 기분 좋아 하셨다. 표현에 무척 인색한 형인지라 그 한마디가 어머니에게 더 없이 각별했던 것이다. 어쩌면 아버지 살아생전에 평생 칭찬 한 번 못 듣고 살아오신 어머니이기에 더욱 그러하신지도 모르겠다. 어머니의 기분이 더 좋으시라고 전화 말미에 나도 한 마디 거들었다.

"어머니, 식당 옆에다 요리학원도 하나 차리면 어떨까요?"

"아버지의 지난날의 부족함과 빈자리를 채워주는 형이 있어 감사합니다. 작은 일에도 마냥 기뻐하시는 순박한 어머니가 날이 갈수록 웃을 일이 많아지니 감사합니다."

21일

"좋은 아빠 되는 법"

다시 좋은 아빠가 되어야 함을 편지로 깨우쳐 준 아이에게 감사합니다. 철없는 아빠를 위해 늘 기도해 주는 멋진 아들을 주심에 감사합니다. 아이에 대한 따뜻한 마음이 아직 내 안에 남아 있다는 것이 감사합니다.

"저는 나쁜 엄마에요. 돈만 보내고 기도는 못했거든요."

예전에 컴패션(compassion)후원자 모임에서 어느 자매가 했던 말이다. 결연을 맺은 아이에게 후원금만 보내고 기도는 못한 것에 대한 미안함이었다.

내게도 이런 마음이 든 건 오늘 후원하는 아이의 편지를 받고 나서다. 아이는 편지 말미에 나를 위해 기도하겠다고 했다. 그 글귀가 나를 부끄럽게 했다. 아이를 위해 기도한 날이 그리 많지 않았기 때문이다. 그 자매의 고백처럼 나도 아이에게 돈만 보내는 나쁜 아빠인 것이다.

내가 나쁜 아빠인 데에는 그것 말고도 또 있다. 아이에게 쓰는 편지가 그랬다. 언제부턴가 펜을 쥐면 5분이 채 걸리지 않았다. 편지 쓰는 시간이 짧아진 것이 문제가 아니다. 편지에 마음이 담겨있지 않은 것이 문제였다. 아이에게 어떤 말을 해 주는 것이 좋을지를 생각하기보다 어떻게 공백을 메울지를 고민했다. 한마디로 마지못해 쓰는 편지였다. 게다가 어떨 땐 답장 쓰는 것이 귀찮아 '후원금만 보내면 되지 이렇게까지 할 필요가 있나'라는 몹쓸 생각을 하기도 했다. 아빠도 이런 아빠가 없는 것이다.

그렇다고 내가 처음부터 나쁜 아빠였던 것은 아니다. 아이를 처음 만난 날을 지금도 잊을 수 없다. 자못 심각한 표정을 하고 우두커니 서있는 사진속의 꼬마 녀석을 가슴으로 낳은 아이라며 기뻐했다. 아이를 위해 매일같이 기도하겠다며 다짐했다. 밥을 굶는 한이 있더라도 후원금만큼은 꼭 보내겠다고 약속했다. 열 두 글자나 되는 아이의 긴 이름을 하루에도 몇 번이고 머릿속으로 되뇌었다. 아이에게 편지를 보낼 때마다 사랑한다는 말을 빠뜨리지 않았다. 아이의 사진을 성경 속에 넣고 다니며 내가 이 아이의 아빠라며 사람들에게 자랑도 했다. 피만 섞이지 않았지 아빠도 이런 아빠가 없는 것이다.

그랬던 내가 어느새 나쁜 아빠로 전락했다. 이역만리의 아이와 몸이 떨어져 있어 마음이 멀어진 것이 아니다. 기도가 멀어져 사랑이 멀어진 것이다. 나의 기도가 아이를 위한 사랑인 것이다.

다시 기도의 발걸음을 떼야겠다. 후원금보다 달콤한 기도로 시선 저편에 존재하는 아이를 향해 걸어가야겠다. 아이가 외롭지 않도록 기도로 아이와 함께 해야겠다. 기도만이 하나님 안에서 아이를 무럭무럭 자라게 하기 때문이다. 기도만이 아이가 사랑 안에서 자랄 수 있는 따뜻한 공간이 되기 때문이다. 그리고 기도만이 아이를 아이 되게 하기 때문이다.

"다시 좋은 아빠가 되어야 함을 편지로 깨우쳐 준 아이에게 감사합니다. 철없는 아빠를 위해 늘 기도해 주는 멋진 아들을 주심에 감사합니다. 아이에 대한 따뜻한 마음이 아직 내 안에 남아 있다는 것이 감사합니다."

22일 "믿는 자에게 애정결핍은 없다"

한 줄의 신문 기사를 통해 하나님의 사랑을 다시 한 번 생각하게 하시니 감사합니다. 하나님의 사랑이 내 안에서 매일매일 넘쳐 남을 감사합니다. 그 사랑으로 모든 중독에서 벗어나 자유하게 하시니 감사합니다.

신문을 읽다가 크게 공감한 기사가 있었다. 어릴 적 부모사랑을 못 받은 아이는 다른 아이보다 쉽게 중독과 집착에 빠진다는 것이다. 한마디로 애정결핍증인 것이다. 생각해 보니 내 얘기였다.

난 어릴 적 부모님의 사랑을 많이 받고 자라질 못했다. 당시의 부모님이 다 그랬듯이 먹고 사는 것만으로도 버거운 시절이었기 때문이다. 게다가 집에는 바람 잘 날이 없어 어린 나이에도 마음이 우울할 때가 많았다. 어쨌든 난 이러한 영향 때문인지 삶의 다양한 영역에서 중독과 집착에 빠졌다.

특히 20대 시절은 중독으로 점철된 인생이었다. 매일같이 마셨던 술이 그렇고, 가슴 답답해하면서도 연신 피워댔던 담배가 그랬다. 패가망신의 지름길임을 알면서도 수시로 판을 벌렸던 도박이 그렇고, 스스럼없이 즐겼던 문란한 생활이 그랬다.

기억을 더듬어 보니 애정결핍 증상은 이미 고등학교 때부터 있었다. 당시 걸프 전쟁이 발발하자 매일같이 신문에 파묻혀 살았다. 전쟁기사와 관련된 거면 한 줄도 빠뜨리지 않았다. 국제정세에 남다른 안목이 있어서가 아니었다. 뭐든 관심을 갖게 되면 쉽게 빠지는 집착 때문이었다.

지하철을 탈 때도 유난히 자리에 집착했다. 빈자리가 있을 가능성이 높은 앞이나 뒤 칸까지 걸어가 지하철을 탔다. 타서도 자리가 없으면 어떡하든 앉아 가려고 갖은 노력을 했다. 사람들의 동정을 살펴 신속히 자리를 이동하였고 항시 시선을 멀리까지 두어 빈자리를 예의주시했다. 앉아서 가는 것이 편해서만이 아니었다. 뭐든 관심을 갖게 되면 쉽게 빠지는 집착 때문이었다. 전문가들은 자기 자신을 사랑하면 애정결핍을 이겨 낼 수 있다고 한다. 어느 정도 도움은 될 것이다. 하지만 난 그보다 더 좋은 방법을 알고 있다.

그것은 하나님이 나를 사랑한다는 것을 깊이 인식하는 것이다. 하나님의 사랑은 너비와 길이와 높이와 깊이를 헤아릴 수 없는 무한한 사랑이기 때문이다. 하나님의 사랑은 세월이 흘러도 변하지 않는 영원한 사랑이기 때문이다. 하나님의 사랑은 나를 위해 죽기까지 하신 희생적인 사랑이기 때문이다.

"한 줄의 신문 기사를 통해 하나님의 사랑을 다시 한 번 생각하게 하시니 감사합니다. 하나님의 사랑이 내 안에서 매일매일 넘쳐 남을 감사합니다. 그 사랑으로 모든 중독에서 벗어나 자유하게 하시니 감사합니다."

23일 "나 혼자만이 아니었구나"

"나보다 더 힘든 사람이 어딘가에서 어려움을 이겨내며 꿋꿋이 살아가고 있다는 것을 깨닫게 하시니 감사합니다. 그들의 삶이 내게 크나큰 도전과 감명이 되어 그러한 삶을 살겠노라 다짐하게 하시니 감사합니다.

오후에 마로니에 공원을 들렀다. 마침 여기저기서 박수소리가 터져 나왔다. 공연을 보던 청중들의 박수소리였다. 심심하던 차에 잘 되었다싶어 근처에 자리를 잡았다.

무대에는 혼성으로 이뤄진 30여 명의 합창단이 서 있었다. 전열을 다듬은 그분들의 입에서 또 다른 노래가 흘러나왔다. 멋진 의상을 입고 남녀가 파트를 나누어 노래를 부르는 모습이 너무도 근사했다. 내가 좋아하는 곡이라 함께 박수치며 흥겨워했다. 한 곡이 끝나기까지는 그리 긴 시간이 아니었다.

공연을 끝내고 합창단이 인사를 하려는데 "앵콜" 소리가 들려왔다. 그분들은 이러한 상황을 염두에 두었는지 금세 자세를 가다듬고 또 한 곡을 들려주었다. 난 아쉬운 마음에 귀를 쫑긋 세우고 그분들을 응시했다.

그런데 자세히 보니 어딘가가 불편해 보이는 것이다. 그분들이 노래를 부를 때는 몸을 움직여 몰랐는데 아무래도 앞을 보는데 문제가 있어 보였다. 생각이 여기까지 이르자 마지막 곡이 끝날 때까지 그분들 눈에서 시선을 떼지 못했다.

노래가 다 끝나자 근처에 대기하고 있던 사람들이 신속히 무대 위로 올라왔다. 그들을 돕기 위한 자원봉사자였다. 합창단은 그들의 말을 신호삼고 옷자락을 길잡이 삼아 줄지어 무대 밖으로 빠져 나갔다.

순간 눈물이 글썽였다. 힘들었던 한 달 전의 일이 떠올랐기 때문이다. 첫 책을 출판사와 계약하고 다시 수정하느라 고생했던 기억이었다. 작업의 고단함으로 몸에 무리가 온데다 마감시간에 쫓겨 뜬 눈으로 힘겹게 글을 쓴 것이 불과 지난달이었다.

"무언가를 이루기 위해 고생하는 사람이 나만이 아니었구나!"

몸이 불편하신 그 분들이 나보다 더 많은 노력을 기울였을 것을 생각하니 나도 모르게 감정이 복받쳤다. 삶에서 한계를 뛰어 넘은 그분들의 모습이 적잖은 위안이 되었다.

그분들은 무대에 서기까지 매일매일 자신과 싸웠을 것이

다. 때론 포기하고 싶은 마음과 싸우고, 때론 좌절하고 싶은 마음과도 싸웠을 것이다. 그리고 모든 싸움을 이겨내고 사람들에게 크나큰 즐거움을 선사한 것이다. 뜨거운 박수갈채를 받기에 마땅한 분들이다.

난 마음속으로 다짐했다. 앞으로 삶에 또 다시 힘든 시간이 찾아온다면 이 분들을 떠올리며 멋지게 이겨내야겠다고 말이다.

"나보다 더 힘든 사람이 어딘가에서 어려움을 이겨내며 꿋꿋이 살아가고 있다는 것을 깨닫게 하시니 감사합니다. 그들의 삶이 내게 크나큰 도전과 감명이 되어 그러한 삶을 살겠노라 다짐하게 하시니 감사합니다."

24일

"믿음이 명의"

생각의 전환으로 통증을 덜어주시니 감사합니다. 가장 좋은 의사는 내 마음임을 깨닫게 하시니 감사합니다.

어깨 근육이 뭉쳐 한의원을 갔다. 일반 침을 놓고는 또 다시 특수 침을 놨다. 뾰족한 도구를 손수 누르는데 어떤 부위는 통증이 대단했다.

아플 때 미소를 지으면 덜 아프다는 말이 생각났다. 벽을 마주한 상황에서 정신 나간 사람처럼 지긋이 미소를 지었다. 신기하게도 이전보다 통증이 덜 하였다. 효험을 입증한 셈이다. 믿음이 곧 명의임을 깨달은 감사한 하루였다.

"생각의 전환으로 통증을 덜어주시니 감사합니다. 가장 좋은 의사는 내 마음임을 깨닫게 하시니 감사합니다."

25일

"천재는 없다"

엉뚱한 생각에 천재성을 주셔서 남들이 생각지 못한 것을
생각하고 남들이 깨닫지 못한 것을 깨닫는 은혜를 주시니 감사합니다.
또한 하나님을 만나지 못한 이 땅의 수많은 천재이기보다 하나님을
만난 죄인임을 은혜로 여기며 살아가게 하시니 감사합니다.

역사상 현존했던 동서양의 모든 인물을 대상으로 천재순위를 선정한 흥미로운 기사를 읽었다. 대체적으로 수긍이 가는 위대한 인물들이었다.

1위. 레오나르도 다빈치
2위. 셰익스피어
3위. 피라미드를 건설한 인물들
4위. 괴테
5위. 미켈란젤로
6위. 뉴턴
7위. 토머스 제퍼슨
8위. 알렉산더 대왕
9위. 아테네의 건축가 피디아스
10위. 아인슈타인

기사를 읽고 엉뚱한 생각을 해봤다. 성경의 인물을 대상으로 천재순위를 정한다면 누가 상위권에 들 것인가 하는 것이었다. 느낌으로는 다섯 명 정도를 추리는데 어려울 것 같지 않았다. 하지만 생각을 거듭해도 천재성이 있다고 할 만한 인물은 성경 어디에도 없었다. 천재성은커녕 하나같이 약점 투성이었다. 차라리 약점 많은 인물을 순위로 정한다면 그것이 쉬울 것 같았다.

왕자의 신분으로 사람을 죽인 모세는 혈기 가득한 사람이었고, 자신의 아내를 동생이라고 두 번이나 속인 아브라함은 두려움 많은 인물이었다. 형의 장자권을 빼앗은 야곱은 타고난 거짓말쟁이였고 미디안과의 전쟁에서 승리한 기드온은 천하의 겁쟁이였다. 심지어 예수님의 열 두 제자들조차 그들과 다를 바 없는 약점 많은 인생들이었다.

이러한 사실을 깨닫고 적잖은 격려를 받았다. 천재성과 거리가 먼 그들이지만 하나님께 크게 쓰임을 받았기 때문이다. 그렇다면 나도 하나님께 쓰임 받을 자격이 되는 것이다. 지구상에서 가장 약점 많은 인물을 꼽는다면 나야말로 다섯 손가락 안에 들것이기 때문이다.

그러기에 내가 가진 약점들을 부끄럽게만 여길 것이 아니었다. 바울처럼 그리스도의 능력이 내게 머물게 하기 위하여 도리어 크게 기뻐함으로 나의 여러 약한 것들에 대하여 자랑해야 하는 것이다. 그리고 나의 약점조차 쓰임 받는 도구가 되게 해달라며 그분께 간구해야 하는 것이다. 그럴 때 하나님은 당신께서 들어 쓰신 성경의 무수한 인물들처럼 나의 약함을 통해서도 당신의 영광을 온 세상에 나타내실 것이다.

누군가의 말처럼 "세상을 변화시키는 것은 위대한 사람들이 아닌 위대하신 하나님의 손에 붙들린 연약한 사람들"이기 때문이다.

"엉뚱한 생각에 천재성을 주셔서 남들이 생각지 못한 것을 생각하고 남들이 깨닫지 못한 것을 깨닫는 은혜를 주시니 감사합니다. 또한 하나님을 만나지 못한 이 땅의 수많은 천재이기보다 하나님을 만난 죄인임을 은혜로 여기며 살아가게 하시니 감사합니다.

26일

"목욕탕에서"

목욕탕이 때만 벗기는 삭막한(?) 공공장소가 아님을 경험케 하시니 감사합니다. 진정한 도움이란 손이 닿지 않는 곳에 먼저 마음이 가 닿는 것임을 알게 하시니 감사합니다. 주변에 계산적인 사람보다 가슴 따뜻한 사람이 더 많다는 것이 너무도 감사합니다.

오랜 만에 목욕탕을 갔다. 가볍게 샤워를 하고는 탕 속에 들어가 한참을 앉아 있었다. 쌓였던 몸의 피로가 한순간에 풀리는 듯 했다. 탕에서 충분히 땀을 빼고는 물 밖으로 나왔다. 살이 불어 생각보다 많은 때가 밀렸다. 목부터 발까지 구석구석 때를 열심히 벗겼다. 이제 남은 곳은 등이었다.

손을 최대한 등 뒤로 뻗어 타올을 몸에 대었다. 손이 자꾸 흘러 내려 남은 한 손으로 팔꿈치를 받쳤다. 그렇게 힘겹게 때를 밀다가 지치면 손을 바꾸었다. 손을 상하좌우로 뻗쳐가며 때를 미는 그 모습이 행위예술을 하는 것만 같았다.

하지만 처절한 몸부림도 오래 지속할 수 없었다. 손을 억지로 등까지 뻗치다 보니 어깨가 탈골 된 것처럼 통증을 호소하는 것이다. 그 동안 벗겨낸 때로 만족하며 목욕탕을 나가려 했지만 마땅히 버려야 할 것을 도로 가지고 나온다는 생각에 영

마음이 찜찜했다.

그때였다. 누군가 내 등 뒤로 손을 뻗치더니 가장 자리에 남아 있던 때를 순식간에 밀어내는 것이다. 불과 몇 초 사이에 일어난 전광석화 같은 일이었다. 누군가 싶어 뒤를 돌아봤다. 목욕탕도 관리하면서 세신도 하는 직원 분이셨다. 나를 저만치서 지켜보다가 힘들게 때를 밀고 있는 것이 안쓰러워 도와주었던 것이다.

감사하다는 말을 하자 직원 분은 웃으며 다음번엔 꼭 친구분과 같이 오라고 했다. 조금도 계산적이지 않은 그 분의 말에 마음이 너무도 훈훈했다. 그 분이 고마워서라도 앞으로 목욕탕을 자주 이용해 주어야겠다.

“목욕탕이 때만 벗기는 삭막한(?) 공공장소가 아님을 경험케 하시니 감사합니다. 진정한 도움이란 손이 닿지 않는 곳에 먼저 마음이 가 닿는 것임을 알게 하시니 감사합니다. 주변에 계산적인 사람보다 가슴 따뜻한 사람이 더 많다는 것이 너무도 감사합니다.”

27일 "내가 한 말 때문이라도"

불평의 마음은 잡초처럼 뽑아 버리고 감사의 마음은 화초처럼 가꾸게 하시니 감사합니다. 감사의 화초가 마음의 정원에서 무럭무럭 잘 자라 내 삶을 더욱 풍성하게 하시니 감사합니다.

식당에서 점심을 먹고 나오다 신발이 짝짝인걸 알았다. 너무도 당황스러웠다. 그나마 비슷한 색상의 구두여서 다행이었다. 근래 들어 이런 일이 잦아 걱정이다.

올해 만해도 엽기적인 행각을 벌인 것이 한 두 번이 아니다. 치약을 면도기에 짜기도 하고, 머리에 왁스대신 스킨을 바르기도 한다. 한 끼에 한 번 먹어야 할 약을 30분 간격으로 두 번 먹기도 하고, 식당에서 앞치마를 두르고 나오기도 한다. 이러다가 다림질을 하는 중에 핸드폰이 울려 다리미를 귀에 되는 끔찍한 상황이 벌어지지 않을까 걱정이다.

그럴지라도 감사해야 한다. 내가 주변 사람들에게 했던 말 때문이다. 친구가 모기에 물렸다고 엄살을 부리면 뱀에 물리지 않은 것을 감사하라고 했다. 타박상을 입었다고 하면 정강이가 부러지지 않은 것을 감사하라고 하였다.

육신의 고달픔을 덜어주고자 농담처럼 던진 말이지만 곰곰이 생각해보면 틀린 말도 아니다. 그 보다 더 큰일이 벌어지면 분명 이전의 덜한 상황을 마음에 둘 것이기 때문이다.

어쨌든 내가 한 말 때문에라도 감사할 수 없는 상황에서조차 감사하려고 노력하고 있으니 이 또한 감사한 일이 아닐 수 없다.

"불평의 마음은 잡초처럼 뽑아 버리고 감사의 마음은 화초처럼 가꾸게 하시니 감사합니다. 감사의 화초가 마음의 정원에서 무럭무럭 잘 자라 내 삶을 더욱 풍성하게 하시니 감사합니다."

28일

"또 다른 용도"

부채를 통해 화석처럼 굳어진 생각의 고정관념을 일시에 깨뜨려 주시니 감사합니다. 용도란 정해진 것이 아닌 만들어 가는 것임을 경험케 하시니 감사합니다. 나의 운명 또한 정해진 것이 아닌 하나님 안에서 만들어져 가는 것임을 깨닫게 하시니 감사합니다.

오랜 만에 인사동을 들렀다. 토요일이라 그런지 곳곳이 북적였다. 모퉁이에 좌판을 펴고 부채를 파는 곳이 대번 눈에 띠었다. 한 겨울에 파는 부채여서 이목을 끌기에 충분했다.

용도를 물어보니 장식용 부채였다. 그래서인지 그간 봐왔던 부채와는 사뭇 달랐다. 화폭에 수려한 경치가 담긴 그림도 있고 '날마다 첫사랑' 이라고 적힌 인상적인 글귀도 있었다.

하기야 부채라고 해서 허구한 날 바람만 일으키라는 법은 없을 것이다. 무슨 물건이든 없던 용도를 추가하면 새롭게 변모할 수 있는 것이다.

"부채를 통해 화석처럼 굳어진 생각의 고정관념을 일시에 깨뜨려 주시니 감사합니다. 용도란 정해진 것이 아닌 만들어 가는 것임을 경험케 하시니 감사합니다. 나의 운명 또한 정해진 것이 아닌 하나님 안에서 만들어져 가는 것임을 깨닫게 하시니 감사합니다."

29일

"너 죽으면 슬퍼할 사람 아무도 없어"

죽음조차도 삶의 끝자락에서 하나님께 고백해야 할 내 인생의 마지막 감사꺼리가 되게 하시니 감사합니다. 눈물로도 씻지 못한 슬픔을 사랑으로 씻어주시고 내 안의 두려움을 떨쳐 주시니 감사합니다. 그 사랑이 내 마음에 부운 바 되어 영혼을 평안케 하시니 감사합니다.

한 때 죽음을 무척이나 두려워했던 적이 있었다. 나의 죄악을 심판받을 것에 대한 두려움이 아니었다. 나란 존재가 사람들의 기억 속에서 사라질 것에 대한 두려움도 아니었다. 망자(亡者)인 나를 위해 울어줄 사람이 없다는 것에 대한 서글픈 두려움이었다.

눈물은 죽은 사람이 받아야 할 당연한 권리라고 했다. 하지만 나에게 돌아올 눈물의 몫은 없어 보였다. 잘못 살아온 인생에 대한 응분의 대가라고 생각했다. 사회생활 하면서 이런 말을 들었다.

"너 죽으면 슬퍼할 사람 아무도 없어."

대책 없이 살아가는 나에게 선배가 자극을 주고자 던진 말이었다. 젊음을 불태우기도 바쁜 나이에 오히려 세월을 허송하고 있으니 선배로서 답답했던 것이다. 듣고 나서 기분이 좋진 않았지만 내색치 않고 웃어 주었다. 사람 좋은 선배가 무안할까 싶어서였다.

집으로 돌아오는 길에 선배가 했던 말이 자꾸 머릿속을 맴돌았다. 말의 의미가 하염없이 가슴에 되새겨졌다. 헛살았다는 생각에 마음이 비통했다. 나란 존재가 가엾고 불쌍했다. 삶이 바랄 것도 기댈 것도 없는 허망한 것처럼 느껴졌다. 연명하듯 살아가는 지금의 삶이 훗날의 죽음보다 버겁게 느껴졌다.

나의 삶을 필요로 하는 누군가에게 미련 없이 던져 주고 싶었다. 어차피 흙으로 지어졌기에 흙으로 돌아갈 인생, 시간을 앞당겨 나를 놓아주고 싶었다. 인생의 뒤안길에서 끝을 경험한다는 것이 멀고도 가깝게 느껴졌다. 살아온 날보다 살아갈 날이 더 많은 나이에 생각조차 해서는 안 될 것이었다.

그랬던 내가 죽음의 두려움으로부터 자유 함을 얻었다. 훗날 나의 영혼이 천국에 갈 수 있다는 믿음 때문만은 아니다. 죄 사함 받고 홀가분한 마음으로 세상을 떠날 수 있기 때문만도 아니다. 나의 죽음을 찬송으로 위로하며 가슴으로 울어줄 마음 따뜻한 사람들이 곁에 있기 때문이다.

죄 많고 외롭던 시절, 그들은 복음을 들고 나에게 다가와 친구가 되어 주었다. 세월 속에 짓무른 상처와 허물까지도 내 것인양 받아들이며 사랑으로 싸매어 주었다. 그들의 사랑은 살이 되어 삶에 상처를 아물게 했고 그들의 기도는 뼈가 되어 삶을 일으켜주었다. 난 세례를 받고 그들과 하나님 안에서 가족이 되던 날, 죽음의 두려움으로부터 비로소 자유 함을 얻었다.

"죽음조차도 삶의 끝자락에서 하나님께 고백해야 할 내 인생의 마지막 감사꺼리가 되게 하시니 감사합니다. 눈물로도 씻지 못한 슬픔을 사랑으로 씻어주시고 내 안의 두려움을 떨쳐 주시니 감사합니다. 그 사랑이 내 마음에 부운 바 되어 영혼을 평안케 하시니 감사합니다."

30일

"만남을 준비하며"

한국의 노래를 통하여 내가 이 땅에 사는 동안 어떻게 준비되어야 하는지를 생각하게 하시니 감사합니다. 보이는 것은 잠깐이지만 보이지 않는 것은 영원함임을 알고 천국에 소망 두며 살게 하시니 감사합니다. 또한 감사하며 살아가는 오늘 하루가 살아서 경험하는 또 하나의 천국임을 감사합니다.

〈TV는 사랑을 싣고〉의 배경음악 이였던 'The Power Of Love'를 듣다가 너무도 자연스럽게 예수님과의 만남이 연상되었다.

내가 천국 문에 들어섰을 때 이 음악이 흘러나오면서 예수님과 포옹하는 장면이다. 저 멀리서 두 팔 벌리고 나를 기다리시는 예수님께 한 걸음에 달려가 그 분의 품에 와락 안기는 것이다. 실제로는 그분과의 만남이 생각보다 더 감격적이겠지만 어쨌든 꿈같은 장면을 떠올리면 상상만으로도 가슴이 벅차오른다.

그러기 위해선 예수님과의 만남에 대한 환상만 갖지 말고 그 분을 만날 준비를 잘 해야겠다. 부르심과 택하심을 곧게 하고 오늘을 삶의 마지막 날로 여기며 지혜롭게 살아야겠다. 혼인잔치를 앞두고 신랑을 기다리는 슬기로운 다섯 처녀처럼 말이다.

예수님을 만나는 날이 세상 사람과 다를 바 없는 그리스도인의 모습이라면 참으로 부끄러울 것이다. 고개도 제대로 못 들고 눈도 똑바로 쳐다보지 못한 체 풀이 죽은 모습으로 멀뚱히 서있을 것이다. 그리고는 잔칫집 문밖에서 자신의 어리석음을 한탄하며 땅을 쳐야 할 것이다.

그러지 않으려면 이 땅에서의 일시적인 삶을 천국에서의 영원한 삶을 살기위한 준비과정으로 여겨야 할 것이다. 아랫것을 생각하지 아니하고 위에 것을 생각하며 하나님의 뜻을 따라 육체의 남을 때를 살아야 할 것이다.

앞으로 'The Power Of Love'를 들을 때는 내가 하나님의 자녀, 예수님의 제자라는 거룩한 정체성을 기억하며 그에 합당한 삶을 살겠다는 거룩한 다짐도 가슴속에 새겨야겠다.

"한곡의 노래를 통하여 내가 이 땅에 사는 동안 어떻게 준비되어야 하는지를 생각하게 하시니 감사합니다. 보이는 것은 잠깐이지만 보이지 않는 것은 영원함임을 알고 천국에 소망 두며 살게 하시니 감사합니다. 또한 감사하며 살아가는 오늘 하루가 살아서 경험하는 또 하나의 천국임을 감사합니다."

31일

"독사와 자동차"

살아있는 독사가 아닌 죽어있는 뱀을 만나서 감사합니다.
기막힌 상황을 내가 먼저 알아 심장 약한 누나가 이 일을 겪지
않았음을 감사합니다. 또한 무더운 여름에도 온 몸에 싸늘한 한기를
느낄 정신적 서늘함에 감사합니다.

고향에 왔다가 누나 차를 빌려 한 시간 거리의 유원지를 다녀왔다. 십 여 년 만에 찾은 곳이라 감회가 새로웠다. 차를 한적한 풀밭에 세워두고 주변을 거닐었다. 무성한 초목과 산천을 보니 마음 같아선 며칠이라도 묵고 싶은 심정이었다. 그렇게 산책을 하다가 가을에 다시 들르겠다고 다짐하고는 갈 채비를 하였다. 아쉬운 마음으로 창밖을 내다보며 목적지를 향해 차를 몰았다.

중간 지점에서 신호를 기다리는데 뒤차가 몇 번이고 경음기를 울렸다. 무슨 일인가 싶어 밖을 내다보니 내 차를 향해 손가락을 뻗치며 뭐라고 소리치는 것이다. 트렁크가 열린 것도 아니고 펑크도 아닌 것 같아 그리 신경 쓰지 않았다.

그리고는 얼마쯤 가서 또 다시 신호를 기다리는데 뒤차에

있던 운전자가 나를 향해 걸어오더니 창문을 내리라고 했다. 창문을 내렸더니 이분이 하는 말이 자동차에 뱀이 달렸다고 하는 것이다. 순간 등골이 오싹했다. 각양각색의 크고 작은 뱀들이 머릿속에 똬리를 틀었다.

그분의 말만 들어서는 어떤 뱀이 어떻게 자동차를 휘감고 있는지 알 길이 없었다. 내려서 확인하려는데 마침 신호가 바뀌어 그 상태로 차를 몰고는 한적한 곳에 차를 세웠다. 오는 도중에 뱀이 떨어 졌기를 간절히 바라며 차 문을 열었다. 발을 내 딛는 순간에도 혹시 뱀이 물까 싶어 주변을 살핀 후 조심스레 내렸다. 그분의 말 대로 라면 차량 뒤 쪽에 있을 가능성이 컸다. 혹시 달려들까 싶어 멀찌감치 떨어져 차량 밑을 살폈다.

그랬더니 세상에나 1미터 쯤 되는 커다란 독사가 배기통을 감고 축 늘어져 있는 것이다. 육안으로는 죽은 것인지 산 것인지 알 길이 없었다. 상황이 상황인지라 신중을 기하기로 했다. 자칫 잘못하다가는 소중한 생명을 잃을 수도 있다는 불안감 때문이었다.

근처에서 최대한 긴 막대기를 구해왔다. 짧은 것으로 손을 뻗쳤다가 물릴 수도 있다는 판단에서였다. 혹시 모를 상황을 머릿속에 대비하고는 막대기로 녀석을 툭툭 쳤다. 그리고는 재빠르게 뒷걸음을 쳤다. 조금의 미동도 없었다. 정황으로 봐서 배기통에 화상을 입어 죽은 듯 했다. 하지만 그것조차 선불리 믿을 수 없었다. 이번에는 강도를 높여 더 세게 녀석을 쳤다. 이번에도 반응이 없었다. 죽었다는 사실에 일단은 안도의 한숨을 내쉬었다.

이제는 녀석의 사체만 꺼내면 되었다. 그런데 몸이 배기통에 감겨서인지 좀체 떨어지질 않았다. 막대기로 힘껏 밀어 보고 뱀 사이로 막내기를 넣어 들어 올려도 여전히 그 모양이었다. 떨어질 듯 떨어지지 않는 것이 아주 곤욕이었다.

가뜩이나 더운 날씨라 땀은 비 오듯 했다. 하도 짜증이 나 마음 같아선 차를 뒤 집고 한바탕 욕을 퍼 부우며 녀석을 끄집어내고 싶었다. 그렇게 불편한 자세로 한참을 고생하고서야 뱀을 차 밑에서 빼낼 수 있었다. 허물이 벗겨진 흉측한 사체는 근처 밭으로 가져가 깊게 파묻어주었다.

그런데 그것이 끝이 아니었다. 이번엔 차안이 찜찜했다. 유원지에서 차를 풀밭에 세워두고 창문을 내려놓은 것이 기억이 난 것이다. 차의 높이가 있어 기어 다니는 뱀이 넘어올 수 없다는 것을 알면서도 불길함을 떨칠 수 없었다.

차안을 함부로 들어갈 수 없어 밖에서 안을 유심히 들여다보았다. 그리고는 모든 차문을 열고 다시 한 번 안을 살폈다. 차

안으로 머리를 내미는데 한 낮임에도 싸늘함이 느껴졌다. 꼭 어디선가 독사 한 마리가 튀어 나와 내 목을 물것만 같았다.

다행히 뱀은 어디에도 없었다. 일을 수습하고 누나에게 아무 말 없이 차 열쇠만 건네주었다. 오늘 갔던 유원지는 가을에 더는 못 갈 것 같다.

"살아있는 독사가 아닌 죽어있는 뱀을 만나서 감사합니다. 기막힌 상황을 내가 먼저 알아 심장 약한 누나가 이 일을 겪지 않았음을 감사합니다. 또한 무더운 여름에도 온 몸에 싸늘한 한기를 느낄 정신적 서늘함에 감사합니다."

32일 "난 감사하는 여인이 좋더라"

감사가 많은 여인을 배우자로 택할 탁월한 안목을 주셨음에 감사합니다. 훗날 그 여인이 아내가 되어 '범사에 감사하라'로 가훈을 정하게 될 줄 믿기에 또한 감사합니다.

"우리 같은 녀석들은 아무나 와서 살아주면 그것만으로도 감사하게 생각해야 돼!"

잠언을 읽다가 오래 전 친구가 했던 말이 떠올랐다. 조악한 삶을 살던 우리의 처지를 비관하며 무심코 던진 말이었다. 밥만 축내며 쓸모없이 살아가는 우리 같은 인생들은 배우자를 선택할 자격이 없다는 의미였다. 난 친구의 지당한 말에 말없이 수긍하며 고개를 끄덕였다.

그 시절 결혼에 대한 암울한 기억 때문인지 난 결혼이라는 것이 너무도 멀게 느껴진다. 나와 하등 상관없는 별천지에서의 한 날의 잔치처럼 여겨진다. 누군가는 결혼을 인간의 행복과 건강과 번영을 위해 하나님이 친히 고안하신 복지제도라고 했건만 난 그것을 마음으로부터 외면하고 있는 것이다. 그런 내가 오늘 잠언 31장을 읽고는 만남에 대한 기대가 가슴에서 불끈 솟았다. 그리고 존 릴리의 말처럼 결혼이 하늘에서 맺어지고 땅에서 완성되기를 간절히 소망했다.

"누가 현숙한 여인을 찾아 얻겠느냐 그 값은 진주보다 더 하니라 그런 자의 남편의 마음은 그를 믿나니 산업이 핍절치 아니하겠으며 그런 자는 살아 있는 동안에 그의 남편에게 선을 행하고 악을 행하지 아니하느니라"(잠31:10~12).

"그의 남편은 그 땅의 장로들과 함께 성문에 앉으며 사람들의 인정을 받으며 그는 베로 옷을 지어 팔며 띠를 만들어 상인들에게 맡기며 능력과 존귀로 옷을 삼고 후일을 웃으며 입을 열어 지혜를 베풀며 그의 혀로 인애의 법을 말하며 그 집안일을 보살피고 게을리 얻은 양식을 먹지 아니하나니 그 자식들은 일어나 감사하며 그 남편은 칭찬하기를 덕행 있는 여자가 많으나 그대는 모든 여자보다 뛰어나다 하느니라"(잠 31:23~29).

세상에 이런 여자가 있겠나 싶을 정도로 참으로 멋진 여인이다. 하지만 거기에 감히 한 가지를 더 추가하고 싶다. 범사에 감사할 수 있는 그런 여인 말이다. 비록 무화과나무가 무성하지 못하며 포도나무에 열매가 없으며 감람나무에 소출이 없을 지라도 매사 감사하는 여인이었으면 좋겠다. 내가 무능해도 하나님이 주신 남편으로 생각하며 감사하고, 자식들이 속을 썩일지라도 그들이 하나님이 주신 자녀임을 감사했으면 좋겠다. 그런 감사가 없는 여자라면 욥의 부인처럼 삶에 어려움이 닥치면 남편도 가정도 나 몰라라 할 것이기 때문이다.

사랑은 예고편도 없이 막을 올리기도 한다고 하니 하루하루 감사함으로 살며 나의 반쪽을 기다리고 볼일이다.

"감사가 많은 여인을 배우자로 택할 탁월한 안목을 주셨음에 감사합니다. 훗날 그 여인이 아내가 되어 '범사에 감사하라'로 가훈을 정하게 될 줄 믿기에 또한 감사합니다."

33일

"다만 늦어질 뿐"

마음이 강퍅했던 저를 그냥 버려두지 않으시고 하나님의 선한 사람들을 통하여 훗날 당신을 만나게 하시니 감사합니다. 그 사랑을 알게 하시어서 제 입술이 또 누군가에게 복음의 통로가 되고 있음을 감사합니다.

아는 분으로부터 뜻밖의 문자가 왔다. 교회에서 집사 직분을 받았다는 내용이었다. 몇 년 전 전도했을 때 반응이 시큰둥해서 잊고 있었는데 그 동안 예수님도 영접하고 나름 신앙생활도 잘 해 왔던 모양이다. 집사 임명을 받은 것이 너무도 감사해 나에게까지 문자를 보낸 것이다.

곰곰이 생각해 보니 전도 당시에는 완강했던 분들이 뒤 늦게 신앙생활을 시작하신 분들이 그 분 말고도 여럿 있었다. 회사 근처 편의점 여사장님, 고시원에서 만났던 젊은 총무님, 우연히 알게 된 사회 친구...

생각해 보니 나도 한 번에 예수님을 믿은 것이 아니었다. 가끔 내가 믿음이 좋아 예수님을 믿고 있다고 착각하지만 나도 고스란히 그러한 과정을 거쳤던 것이다.

식당생활 할 때 가불을 신청하면 교회를 나가야 돈을 주겠다던 카운터 아줌마, 지하철역에서 따뜻한 차 한 잔을 건네며 교회를 나가라고 했던 연세 지긋하신 할머니, 그리고 길거리에서 나를 전도했던 이름 모를 수많은 사람들,,,

구원의 기쁜 소식을 냉정히 뿌리치는 나를 보며 그분들 마음이 어떠했을지 조금은 알 것 같다. 그리고 하나님께서는 결코 한 영혼도 포기하지 않으신다는 것을 새삼 깨닫게 된다. 매번 교회 화장실에서 접하는 친숙한 문구가 오늘따라 마음에 새롭게 다가온다.

"전도에는 실패가 없다. 다만 늦어질 뿐이다."

"마음이 강퍅했던 저를 그냥 버려두지 않으시고 하나님의 선한 사람들을 통하여 훗날 당신을 만나게 하시니 감사합니다. 그 사랑을 알게 하시어서 제 입술이 또 누군가에게 복음의 통로가 되고 있음을 감사합니다."

34일

"방귀 꿈"

대책 없는 설사가 아닌 감당할 만한 방귀임을 감사합니다. 곁에 있던 자매가 진작부터 나에게 관심이 없었기에 감사합니다. 그리고 함께 있는 형제자매들이 하나님 안에서 모든 것을 이해할 수 있는 믿음의 가족임을 감사합니다.

오후에 집들이를 갔다가 돌아오는 승용차 안에서였다. 뒷자리에는 나와 자매가 타고 있었고 밖에는 보슬비가 내리고 있었다. 곁에 있는 자매에게 호감을 가지고 있던 터라 내내 언행에 신경을 썼다.

얼마 후 나도 모르게 잠이 들었다. 짧은 시간에 꾸었던 꿈이 하필 방귀를 뀌는 꿈이었다. 잠이 깨서도 옆의 자매에게 꿈을 들킨 것만 같아 얼굴이 화끈했다.

문제는 그때부터였다. 꿈이 너무도 생생하여 방귀를 뀐 것이 꿈인지 현실인지 도통 분간이 안 되는 것이었다. 현실에서 벌어진 일이라면 앞으로 자매가 나를 어떻게 대할 지는 뻔한 일이었다.

표가 안 나게 숨을 깊이 들이 마시며 조심스레 냄새를 맡아보았다. 야릇한 냄새가 나긴 했지만 그것이 비가 와서 나는 습한 냄새인지 방귀 냄새인지 정확히 구분할 길이 없었다. 게다가 방귀뀌는 소리를 들었다면 누구라도 한 마디 했을 텐데 아무도 반응이 없었다. 그렇다고 자매에게 "혹시 오빠 방귀뀌지 않았니?"라고 물어볼 수도 없는 노릇이었다.

머릿속에 별의 별 생각이 다 들었다. '소리는 없고 냄새만 나는 방귄가? 소리도 안 나고 냄새도 없는 방귀라면 좋으련만…' 유치한 질문을 속으로 던지고 있는 내가 참으로 우스웠다.

난 돌연 태도를 바꾸었다. 설령 방귀를 뀌었을지라도 태연하게 있을 작정이었다. 어차피 시간이 지나면 다 묻혀 질 일이었다. 의도적으로 딴청을 부리며 자연스럽게 행동을 했다. 하지만 조금 뒤 들려온 자매의 말 한마디에 모든 것이 물거품이 되었다.

"오빠, 미안한데요. 잠깐 문 좀 내리면 안 될까요?"

"대책 없는 설사가 아닌 감당할 만한 방귀임을 감사합니다. 곁에 있던 자매가 진작부터 나에게 관심이 없었기에 감사합니다. 그리고 함께 있는 형제자매들이 하나님 안에서 모든 것을 이해할 수 있는 믿음의 가족임을 감사합니다."

35일 "그때 그 마음으로"

유년시절의 아름다운 기억을 세월이 흐른 후에도 따뜻한 마음으로 추억하게 하시니 감사합니다. 또한 그 아이가 하나님의 은혜가운데 잘 자라 장성한 어른이 되었음을 감사합니다.

"예수께서 한 어린아이를 불러 그들 가운데 세우시고 이르시되 진실로 너희에게 이르노니 너희가 돌이켜 어린 아이 같이 되지 아니하면 결단코 천국에 들어가지 못하리라"(마 18:2,3).

이 말씀을 묵상하며 어린 아이 같이 된다는 것이 어떤 것인지 곰곰이 생각해봤다. 그러던 중에 순진무구했던 나의 어린 시절이 떠올랐다. 그런 때가 있었다는 것이 그저 신기하기만 했다.

초등학교 시절, 여름방학에 종종 '내일 일기'를 썼다. 숙제로 내준 일기를 매일 쓰는 것이 귀찮아 이틀 치를 쓴 것이다. 그리고는 정말 일기에 써 놓은 대로 똑같이 생활을 했다. "나는 오늘 친구들과 고기를 잡았다. 그리고 점심에는 개울에서 물장구도 쳤다"라고 써 놓으면 실제로 다음 날 친구들과 고기도 잡고 점심때는 개울에서 물장구를 쳐야했다. 거짓말로 일기를 쓰면 안 된다는 생각 때문이었다.

이러한 마음은 중학교 때까지 이어졌다. 방학만 되면 타지에서 놀러오는 여자애가 있었는데 그 아이와 노는 것이 너무도 좋았다. 그런데 어느 날은 보충수업을 빠지면서까지 그 아이와 놀고 싶었다. 다음 날 그 여자애가 자기 집으로 돌아갈 것을 생각하니 서운했던 것이다.

아침을 먹는 중에 묘인을 생각해냈다. 그것은 내가 아파야 하는 것이었다. 아프지도 않으면서 차마 아프다고 거짓말을 할 수 없었다. 냉수를 잔뜩 마시고 집 주변을 돌았다. 찬물을 마시고 뜀박질을 하면 배가 아파진다는 이야기를 어디선가 들었던 것이다. 그런데 아무리 뛰어도 배가 아파올 기미가 보이지 않았다. 학교 갈 시간은 다가오는데 참으로 난감했다.

그래도 계속 뛰는 것 외에는 달리 방법이 없었다. 그러고선 몇 바퀴를 도는데 배가 아픈 것 같은 느낌이 들었다. 난 그 느낌을 몸이 아픈 것으로 진단했다. 그리고는 어머니에게 배를 움켜지고 가서는 몸이 아파 학교를 못 가겠다며 말을 했다. 덕분에 그 여자애와 종일 놀 수 있었다.

그 때의 마음을 지금의 상황으로 바꾸면 이럴 것이다. 죄가 나를 유혹할 때 갈등할 것도 없이 죄를 범하면 안 된다는 것을 알고 스스럼없이 그 자리를 빠져 나오는 것이다. 삶에 어려운 일이 닥치면 그 일로 낙심할 것도 없이 더욱 하나님을 의지하며 그분 앞에 나오는 것이다. 이런 어린 아이 같은 마음으로 신앙생활을 한다면 예수님 말씀처럼 결단코 천국에 들어가지 못할 일은 없을 것이다.

"유년시절의 아름다운 기억을 세월이 흐른 후에도 따뜻한 마음으로 추억하게 하시니 감사합니다. 또한 그 아이가 하나님의 은혜가운데 잘 자라 장성한 어른이 되었음을 감사합니다."

36일

"고작 39번"

말로서 바쁘다는 핑계를 대기보다 자주 찾아뵈어야 하는 것이 부모임을 깨닫게 하시니 감사합니다. 부모를 청산에 묻기에 앞서 살아생전 늘 내 마음에 묻고 살아야함을 마음에 다지게 하시니 감사합니다.

앞으로 어머니를 뵐 수 있는 날이 얼마나 되는지 계산해 보았다. 72세인 어머니가 85세까지 살아계신다는 가정 하에 일 년에 세 번 뵙는 것을 셈하니 고작 39번이었다. 40번도 되지 않는 초라한 수치에 가슴이 철렁했다.

아버지가 돌아가시고 나서 자주 찾아뵙지 못한 것을 후회했었다. 어머니만큼은 이래선 안 되겠다는 생각이 들었다. 오늘부터 마음을 고쳐먹기로 했다. 바빠서 못 내려간다는 핑계로 상황을 합리화시키는 잘못된 마음부터 뜯어 고쳐야겠다.

"말로서 바쁘다는 핑계를 대기보다 자주 찾아뵈어야 하는 것이 부모임을 깨닫게 하시니 감사합니다. 부모를 청산에 묻기에 앞서 살아생전 늘 내 마음에 묻고 살아야함을 마음에 다지게 하시니 감사합니다.

37일

"두려워 할 건 은행만이 아니다"

하나님만이 내가 두려워해야 할 거룩한 분이심을 알게 하시니 감사합니다. 하나님을 두려워하는 자를 위하여 쌓아 두신 은혜 곧 주께 피하는 자를 위하여 인생 앞에 베푸신 은혜가 너무도 크기에 감사합니다. 저에 대한 당신의 사랑이 하나님을 향한 내 안의 두려움보다 더 크게 해 주셔서 감사합니다.

경복궁역을 나와 집으로 향하는데 바람이 심하게 불었다. 길가에 심겨진 은행나무 열매가 사방으로 떨어졌다. 자칫하다가는 봉변을 당할까 싶어 걸음을 멈추었다. 그렇게 눈앞의 상황을 주시하며 가다 서다를 반복하다 천신만고 끝에 안전지대에 이르렀다. 마음의 쌍심지를 켜며 왜 하필 가로수를 은행나무로 심었냐며 투덜대어 보지만 피해가는 수밖에는 도리가 없다.

가을만 되면 어김없이 이러한 상황이 연출되다보니 은행나무를 가로수로 생각하기보다 언제든지 나에게 해를 입힐 수 있는 두려움의 대상으로 여기게 되었다. 일상가운데 흔히 접하는 가로수여서 이제는 친근히 여길 만도 하건만 내게 은행나무는 도저히 가까이 할 수 없는 가시나무와도 같은 존재인 것이다.

은행잎이 노랗게 물들어 가는 이 가을, 내가 두려워해야할 대상이 누구인지를 다시금 생각해 본다. 그것은 악취를 풍기는 은행나무도 아니요, 한낱 피조물에 불과한 사람도 아닌 것이다. 몸은 죽여도 영혼은 능히 죽이지 못하는 자들이 아닌 오직 몸과 영혼을 능히 지옥에 멸하시는 하나님이신 것이다. 세상에 이보다 더 유익한 두려움의 대상은 어디에도 없다.

그것을 몇 번의 경험을 통해 깨달은 적이 있다. 하나님에 대한 두려워하는 마음을 가지고 있었을 때 삶 가운데 찾아오는 죄의 유혹을 단호하게 물리칠 수가 있었다. 그것은 죄를 짓게 되면 벌을 받을지 모른다는 공연한 불안감에 기인한 맹목적 행위가 아니었다. 사랑의 하나님이 곧 공의의 하나님이심을 알기에 죄를 멀리하려는 구별된 행동이었다.

하나님은 나를 사랑하되 끝까지 사랑하시지만 계속 반복하여 짓는 죄까지도 사랑하는 분이 아니시기 때문이다. 이러한 사실을 알고도 하나님에 대한 두려움은커녕 나의 편리대로 사랑의 하나님으로만 국한한다면 삶에 남는 것은 허다한 죄밖에 없을 것이다.

인간이라면 누구나 하나님을 사랑하는 마음과 동일하게 하나님을 두려워하는 마음도 가지고 있어야 한다. 그 두려움이 결국 나를 지켜주기 때문이다.

“하나님만이 내가 두려워해야 할 거룩한 분이심을 알게 하시니 감사합니다. 하나님을 두려워하는 자를 위하여 쌓아 두신 은혜 곧 주께 피하는 자를 위하여 인생 앞에 베푸신 은혜가 너무도 크기에 감사합니다. 저에 대한 당신의 사랑이 하나님을 향한 내 안의 두려움보다 더 크게 해 주셔서 감사합니다.”

38일

"스피치 학원"

우리 153기 수강생에게 첫 날부터 좋은 자극을 준 용기 있는 여학생에게 감사합니다. 변화의 시작은 학원이 아닌 마음에서 시작되는 것임을 깨닫게 하시고 용기 내어 스피치 학원에 등록하게 해 주셔서 감사합니다.

스피치학원에 등록했다. 지난 달 교회에서 사회를 본 것이 반응이 좋아 유명한 M.C.가 되고 싶었다. 한 사람씩 연단에 올라 수강신청을 하게 된 동기를 말했다. 저마다 사연도 다양했다.

"스피치를 배워서 영업을 잘 하고 싶어요."

"말을 잘해서 사람들을 잘 설득시키고 싶습니다."

"사람들 앞에 서면 너무도 떨려 그것을 극복하고자 등록을 했습니다."

그 중에 수줍어하던 여학생의 말이 제일 기억에 남는다.

"저는 출석을 부를 때 '네' 라고 대답하는 것이 쑥스러워 아무 말 못하다가 결석처리 된 적이 두 번이나 있어요. 앞으로는 그런 일이 없었으면 좋겠어요."

그 여학생은 오늘 두 가지의 선물을 받았다. 연약함을 고백하면서 변화가 시작되었다는 것과 이제는 학교에서 대답을 못해 결석처리 될 일은 없다는 것이다.

"우리 153기 수강생에게 첫 날부터 좋은 자극을 준 용기 있는 여학생에게 감사합니다. 변화의 시작은 학원이 아닌 마음에서 시작되는 것임을 깨닫게 하시고 용기 내어 스피치 학원에 등록하게 해 주셔서 감사합니다.

39일

"똥파리"

파리를 역겨워 했지만 제가 바로 파리 같은 인생이었습니다. 하지만 이제는 영원을 사모하며 살게 하시니 감사합니다. 억만금을 주고도 살 수 없는 구원의 값진 선물, 죄인인 내게 안겨 주시니 그 은혜에 감사합니다.

지난 주일에 아는 권사님으로부터 고추반찬을 받았다. 시골에서 올라온 고추로 만들었으니 안심하고 먹으라고 했다. 혼자 생활하는 것이 안쓰러워 챙겨주고 싶었던 모양이다. 매운 음식을 좋아하는지라 잘 먹겠다고 인사를 하고는 얼른 챙겨 두었다.

그날 저녁 고추반찬을 상에 올렸다. 찬 통을 여니 잘 익은 고추가 가지런히 누워있었다. 양념에 잘 버무려진 것이 보기만 해도 먹음직스러워 보였다. 한 입 깨물었더니 생각했던 것보다 맛이 좋았다. 게다가 간장 국물은 달착지근하여 밥에 비벼 먹으니 안성맞춤이었다. 먹으면서도, 먹고 나서도 마음 따뜻한 권사님께 감사해 했다. 다 먹고 나면 염치없이 또 한 번 손을 벌려야지 생각했다.

이러한 마음이 오간데 없이 사라진 건 오늘 고추반찬을 마지막으로 먹고 나서였다. 하나 남은 고추를 알뜰히 베어 먹고 남은 국물을 밥에 부었는데 고추찌꺼기와는 다른 형체의 이물질이 눈에 띄는 것이다. 자세히 살펴보니 흉측한 파리였다. 게다가 덩치가 거대한 놈이었다. 가뜩이나 음식에 민감한 내게 간장 국물에 절여진 파리는 충격 그 자체였다.

금세 몸 안에서 거북한 반응이 일었다. 뱃속은 오물이 들어간 것처럼 창자가 뒤틀렸고 위장은 소화를 거부하며 섭취한 음식물을 몸 밖으로 내보내려했다. 오래전에 먹다 체한 음식이 고추와 동무하며 십이지장을 타고 식도까지 올라오는 것 같았다. 내장의 모든 기능이 일순간 마비가 된 듯 했다.

넋이 나간 사람처럼 한 동안 초점 잃은 눈을 하며 멀뚱히 앉아 있었다. 난 파리의 사체가 담긴 고추반찬을 며칠 동안 맛있게 먹은 것이다. 파리의 몸통까지도 간이 배었을 간장국물을 밥에 얹어 깨끗이 비벼먹은 것이다.

순간 권사님의 손길이 불결하게 느껴졌다. 도대체가 어떤 환경에서 음식을 만들었는지 두 눈으로 확인하고 싶었다. 반찬을 만드는 과정도 그 속에 들어간 재료도 모두가 의심스러웠다. 내가 달라고 하지도 않은 반찬을 왜 하필 줘서 속을 뒤집어 놓느냐며 권사님을 원망했다. 다음번에 또 다른 반찬을 내밀까 싶어 앞서 염려가 되었다.

하지만 계속해서 권사님을 원망할 수 없었다. 고추 반찬속에 버무려진 파리사체는 권사님도 모르게 벌어진 일이기 때문이다. 자식을 대하는 마음으로 인정을 베푸신 것이 결코 원망을 살수는 없는 일이다.

파리의 주검을 놓고 이런저런 생각을 하는 와중에 문득 떠오르는 것이 있었다. 하나님이 내게 주신 구원의 선물이었다. 구원의 선물은 고추반찬속에 뒤섞인 파리와 같지 않음에 감사했다. 구원의 선물은 어느 시점에서 실망하게 되는 것이 아닌 처음부터 끝까지 너무나 좋은 것이기 때문이다. 그리고 구원의 선물은 권사님의 넉넉한 마음처럼 죄 많은 나에게 값없이 주어지기 때문이다.

“파리를 역겨워 했지만 제가 바로 파리 같은 인생이었습니다. 하지만 이제는 영원을 사모하며 살게 하시니 감사합니다. 억만금을 주고도 살 수 없는 구원의 값진 선물, 죄인인 내게 안겨 주시니 그 은혜에 감사합니다.”

40일

"잊을게 따로 있지"

지금의 저를 있게 하신 분이 하나님이심을 감사합니다.
하나님의 인도하심을 다시금 상기하게 하시고 마음을 돌이키게
하시니 감사합니다. 또한 내비게이션보다 더 완전하신 하나님이
매일매일 저의 삶을 옳고도 더 나은 길로 인도하시니 감사합니다.

퇴근 후에 경기도 오남리를 다녀왔다. 교회행사 때 낙찰된 물품을 전해주기 위해서였다. 갈 적에는 물건의 소유주이자 그곳에 사는 형제가 동석한지라 찾아가는데 어려움이 없었다. 물건을 형제의 집에 들여 놓고 근처 식당에서 하얀 쌀밥에 고기를 대접받았다. 애쓴 것에 대한 인정이었다. 웃음꽃을 피우며 두런두런 이야기를 나누다 다음날 출근을 염려하여 형제와 작별하였다. 이제 차량을 교회에 갖다 놓으면 나의 임무는 끝이었다.

내비게이션에 도착지를 입력하고는 지체 없이 출발하였다. 믿는 구석이 있는지라 초행길치고는 제법 속도를 내었다. 행여 부주의로 길을 잘못 들어설지라도 걱정할 필요는 없었다. 내비게이션의 속성상 결국 나를 최종 목적지로 인도해줄 것을 믿기 때문이었다.

그럼에도 도착은 예정보다 20분이 늦었다. 내비게이션의

말귀(?)를 못 알아들어 몇 번이고 코스를 벗어난 것이다. 그래도 자정을 넘기지 않고 교회에 도착한지라 밀린 숙제를 끝낸 것처럼 마음이 후련했다. 내비게이션의 도움에도 이 정도니 자만심을 지도삼아 무턱대고 핸들을 잡았다면 낭패를 보았을 것이다. 수고한 녀석이 어찌나 고맙던지 마음 같아선 흐뭇한 만족감에 넉넉한 보수라도 치르고 싶었다. 이러한 마음이 순식간에 사라진 건 집으로 가는 버스 안에서였다. 불현듯 이런 생각이 뇌리를 스쳤다.

'고작 한 코스를 인도한 내비게이션은 그토록 고마워하면서 지금까지 나의 삶을 인도하신 하나님께는 평소 얼마나 감사했던가!'

감사는커녕 하나님의 인도하심을 까마득히 잊고 살아온지라 마음이 화끈하였다. 말로는 하나님을 사랑한다고 고백하지만 본심은 그러질 못한 것이다. 하늘을 향해 이해를 구할 수 없는 궁색한 상황인지라 하나님이 행하신 지난 일들을 돌아보지 않을 수가 없었다.

돌이켜보니 은혜의 햇살을 사시사철 등에 지고 구름과 불빛 아래 낮밤을 보내며 걸어온 인생이었다. 넘어져 일어날 힘이 없을 때에도 다가와 손 내밀며 나를 일으켜 세우신 분도 하나님이셨다. 허다한 유혹에 이끌려 죄의 들판을 헤맬 때도 강한 손으로 붙드시며 나를 인도하신 분도 하나님이셨다.

그런 내가 받은 것에 눈이 멀어, 주신 이를 잊었고 내디딜 발걸음에 마음 급해, 걸어온 발자취를 잊었던 것이다. 하나님을 알되 하나님을 영화롭게 아니하고 감사하지도 아니하며 오히려 생각이 허망하여져서 마음이 어두워진 것이다. 이 모습 이대로 사랑하는 주님이라며 애써 자조해보지만 죄송한 마음은 금할 길이 없었다. 회개하는 마음으로 하나님께 감사의 고백을 드렸다.

"지금의 저를 있게 하신 분이 하나님이심을 감사합니다. 하나님의 인도하심을 다시금 상기하게 하시고 마음을 돌이키게 하시니 감사합니다. 또한 내비게이션보다 더 완전하신 하나님이 매일매일 저의 삶을 옳고도 더 나은 길로 인도하시니 감사합니다."

41일

"천상에 그려진 그림"

감사의 눈으로 바라보는 세상이 가장 아름다운 곳임을 알게 하시니 감사합니다. 감사의 마음으로 대하는 세상이 천국에 가장 가까운 모습임을 깨닫게 하시니 감사합니다.

하나님께서는 하늘의 넓은 도화지에 매일매일 그림을 그리신다. 해와 달과 별과 구름을 그리시고 가끔은 무지개도 그려 넣으신다. 하늘을 수놓은 형형색색의 고운 빛깔은 하나님을 찬양하게 하고 지면을 물들인 황금빛 찬란함은 하나님을 노래하게 한다.

그림을 감상하는 순간 그분만이 표현할 수 있는 장엄함과 섬세함에 압도되어 안목 있는 사람들은 탄성을 자아내기에 여념이 없다. 세상의 어느 화가도 흉내 낼 수 없는 그분의 솜씨는 주의 손가락으로 빚으신 것이다.

하나님께서는 그림을 그리실 때 지키시는 원칙이 있다. 그것은 세상을 창조할 때부터 지금까지 같은 그림을 그리시지 않는다는 것이다. 날마다 새로운 작품을 기대하는 수준 높은 관람객들에 대한 세심한 배려이자 당신의 숭고한 사랑을 나타내기 위함이다.

그리고 더 없이 감사한 것은 그분의 성실하심이 한결 같아서 그림전시는 연중무휴이고 관람료는 공짜라는 사실이다.

"감사의 눈으로 바라보는 세상이 가장 아름다운 곳임을 알게 하시니 감사합니다. 감사의 마음으로 대하는 세상이 천국에 가장 가까운 모습임을 깨닫게 하시니 감사합니다."

42일 "삼가 이 작은 자 중의 하나도"

미성숙한 동생을 따뜻한 마음으로 이해해 주는 형이 있어
감사합니다. 때에 맞는 적절한 문자로 잘못을 깨우쳐 주는 구역장님이
있어 감사합니다. 또한 나의 일거수일투족을 이 땅에서 지켜보며
하늘을 오르내리며 수고하는 천사가 있어 감사합니다.

친한 형에게 전화를 했더니 감기 때문에 누워있다고 했다. 그 말을 듣고 무척 화가 났다. 전에도 몸살이 걸려 마냥 집에만 있기에 직접 찾아가 병원을 데려갔기 때문이다. 어제도 헤어질 때 감기 기운이 있다고 해서 일어나는 대로 병원을 가라고 했는데 또 그러고 있는 것이다.

치료비가 얼마 드는 것도 아니고 병원도 집 근처에 있으면서 매번 몸으로 때우는 것이 도무지 이해가 되지 않았다. 더욱이 지병으로 누워 계신 어머니가 걱정할까 싶어 하루빨리 자리를 털고 일어나는 것이 자식의 도리건만 어찌된 일인지 달라지지가 않는다. 전화 말미에 짜증스런 말투로 곧장 병원을 가라고 했더니 그제 서야 알았다고 하기에 전화를 끊었다.

그러고서 볼 일을 보려는데 마침 핸드폰에 문자가 울렸다. 구역장님이 보낸 성경말씀이었다. 난 그것을 읽고는 얼굴이 화

끈하지 않을 수 없었다. 꼭 어디선가 나의 모습을 지켜보고 있다가 적시에 보낸 문자 같았다. 마태복음 18장 10절의 말씀이었다.

"삼가 이 작은 자 중의 하나도 업신여기지 말라 너희에게 말하노니 그들의 천사들이 하늘에서 하늘에 계신 내 아버지의 얼굴을 항상 뵈옵느니라."

난 형을 위한답시고 마음으로 업신여기고 있었던 것이다. 그것은 비단 오늘만의 일이 아니었다. 이런저런 이유로 형을 타박하기도 하고 수시로 잔소리를 늘어놓았다. 가끔 앙칼진 목소리를 타고 전해지는 감정 섞인 말을 형도 분명 느꼈을 것이다. 형이 마음이 여려서 표현을 못했을 뿐이지 속으로는 나에게 무척이나 서운했을 것이다.

형은 50킬로도 되지 않는 깡마른 체격에 잡다한 병은 다 가지고 있다. 적지 않은 나이에 여적 결혼을 못한 형을 볼 때마다 그저 안쓰럽기만 하다. 그래서 평소 더 신경써준다는 것이 너무 지나치다보니 어느덧 형을 업신여기기까지 한 것이다.

그런 나의 모습을 이 땅에서 가만히 지켜보던 천사가 안 되겠다 싶어 하늘에 올라가 하나님께 아뢴 것이다. 그리고는 구역장님의 문자를 통하여 잘못된 나의 마음을 돌이키게 한 것이다. 형을 위해서 그리고 나를 위해서도 말이다.

이제는 그러지 말아야겠다. 형이 아플 때 병원에 가라고 말해 주는 것도 중요하지만 진심어린 마음으로 형의 아픔을 소독해 주는 것이 먼저이기 때문이다.

"미성숙한 동생을 따뜻한 마음으로 이해해 주는 형이 있어 감사합니다. 때에 맞는 적절한 문자로 잘못을 깨우쳐 주는 구역장님이 있어 감사합니다. 또한 나의 일거수일투족을 이 땅에서 지켜보며 하늘을 오르내리며 수고하는 천사가 있어 감사합니다."

43일

"마음이라는 흉기"

상처를 통해 마음도 흉기가 될 수 있는 양날의 칼임을 깨닫게 하시니 감사합니다. 마음의 주인도 나이기에 자유의지에 따라 다스릴 수 있음을 감사합니다. 흉기 같은 나의 마음도 나쁜 것을 제거하면 다시 선하게 사용될 수 있음을 감사합니다.

출근길에 손가락을 베였다. 뒤이어 찔끔찔끔 피까지 새어나왔다. 불과 일주일 사이에 세 번이나 베였다. 얼마나 예리했으면 베인 줄도 몰랐다. 게다가 무엇에 베였는지를 알 길이 없어 또 베일까 신경이 쓰였다.

그것이 가방이었음을 알게 된 건 퇴근길 지하철에서였다. 날카로운 철심이 가죽을 뚫고 보일 듯 말듯 튀어나온 것이다. 늘 가지고 다니던 정겨운 물건이 흉기일 줄이야

집에 와서 튀어나온 철심을 잘라내고 가방에 또 다른 위험 요소는 없는 지 꼼꼼히 살폈다. 눈에 보이지 않는 흉기가 어딘가에서 또 다른 부위를 노리고 있을 거라 생각하니 마음이 섬뜩했다.

가방을 이리저리 살피던 중 귀중한 깨달음을 얻었다. 삶에서 정말 위험한 것은 보이지 않는다는 것이다. 내 자신을 놓고

보더라도 위험요소는 너무도 많았다. 특히 내가 품고 있는 마음이 그런 것이었다.

누군가를 미워하면 그 사람과의 관계 또한 원만치 않았다. 가끔 짜증 섞인 말을 하기도 하고 심지어는 감정을 표출하며 상대방과 격한 말들이 오가기도 했다. 또한 내가 누군가를 불편이 여기면 만남에서도 그러했다. 상대방과 같이 있는 것 자체가 거북해 짧은 시간도 길게 느껴졌다. 그리고 다음부터는 얼굴조차 마주치지 않으려고 의도적으로 피했다. 내가 품고 있는 것이 마음이 아닌 흉기이기 때문이었다. 보이지 않는 것의 힘은 언제나 보이는 것을 압도하는 법이다.

그러기에 앞으로는 마음을 잘 간수해야겠다. 가방의 철심처럼 형체도 없이 누군가에게 상처를 입힐 수도 있기 때문이다. 가득이나 죄 많은 인생에 마음의 죄까지 더해져 보이지 않는 피의자가 되어서는 결코 안 될 일이다.

"상처를 통해 마음도 흉기가 될 수 있는 양날의 칼임을 깨닫게 하시니 감사합니다. 마음의 주인도 나이기에 자유의지에 따라 다스릴 수 있음을 감사합니다. 흉기 같은 나의 마음도 나쁜 것을 제거하면 다시 선하게 사용될 수 있음을 감사합니다."

44일

"기적이란?"

기적이란 삶의 가장 가까운 곳에 있는 것임을 깨닫게 하시니 감사합니다. 기적의 가장자리에서 내가 매일 하나님의 은혜를 입으며 살아가고 있음을 감사합니다.

짐 캐리 주연의 〈부르스 올 마이티〉라는 영화를 보다가 마음속에 와 닿는 대사가 있었다.

"기적은 일개의 리포터가 앵커가 되는 것이 아니야. 한 부모가 아이를 가르치기 위해 공장에 다니는 것을 기적이라고 하는 거야. 학생이 마약에 혹하지 않고 열심히 공부하는 것을 기적이라고 하는 거야."

홍해를 가른 것보다 더 놀라운 기적은 삶의 변화라는 생각이 들었다. 지난날을 돌아보니 내 삶 자체가 기적이었다. 삶에서 경험한 그 동안의 기적들을 헤아려 봤다. 잠깐의 생각만으로도 머릿속에 넘쳐났다. 시간이 주어져 하나하나 써 내려 간다면 책 한권 분량은 족히 넘을 것이다. 내 삶의 가장 놀라운 기적의 일부만 적어보았다.

1. 감히 나 같은 인간이 죄 사함 받고 구원받은 것이 기적입니다.
2. 성격이 까칠했던 내가 누군가와 사이좋게 지내는 것이 기적입니다.
3. 술에 미쳤던 내가 술보다 책을 더 좋아하는 것이 기적입니다.
4. 하루를 헛되이 보내던 내가 순간을 소중히 여기는 것이 기적입니다.
5. 인생의 어려움을 하나님께 맡기며 기도하고 있는 것이 기적입니다.
6. 목적 없이 살아왔던 내가 오늘 하루 작은 계획 하나를 세우는 것이 기적입니다.
7. 나 밖에 몰랐던 내가 다른 사람의 입장에서 생각할 줄 아는 것이 기적입니다.
8. 비양심적이었던 내가 죄를 짓게 되면 양심에 찔리는 것이 기적입니다.
9. 받을 줄만 알았던 내가 누군가에게 작은 것을 주려고 하는 것이 기적입니다.
10. 불평불만이 떠나지 않던 입에서 감사의 말이 흘러나오는 것이 기적입니다.

"기적이란 삶의 가장 가까운 곳에 있는 것임을 깨닫게 하시니 감사합니다. 기적의 가장자리에서 내가 매일 하나님의 은혜를 입으며 살아가고 있음을 감사합니다."

45일

"아, 선생님"

일찍이 좋은 선생님을 만나게 하시어서 훗날에 좋은 귀감이 되게 하시니 감사합니다. 이젠 책도 열심히 읽고 글도 쓰면서 선생님처럼 훌륭한 사람이 되고자 노력하고 있으니 이 또한 감사합니다.

수박을 먹다가 오래 전 초등학교 선생님이 떠올랐다. 30년 전에 뵙던 분이라 이제는 이름도, 얼굴도 기억나질 않는다. 하지만 그분의 인자했던 모습만큼은 마음속에 뚜렷하다.

어느 해 여름 종례시간, 선생님은 말썽꾸러기 친구와 나를 수업이 끝난 후에 남아있으라고 하셨다.

"너희 둘, 끝나고 나서 집에 가지 말고 그 자리에서 기다리고 있어."

매번 해 오지 않는 숙제 때문이었다. 정색을 하시며 말씀하시는 선생님의 표정은 어느 때보다 굳어있었다. 반 친구들은 우리가 걱정이 되었는지 눈치를 보며 한사람씩 자리를 피했다.

교실에 단둘이 남은 친구와 난 선생님이 오실 때까지 책을 열심히 읽었다. 선생님이 우리의 모습을 보고 마음이 누그러졌으면 하는 바람에서였다. 우린 갑자기 들어오실 선생님을 의식하며 평소 안 하던 공부를 열심히 했다. 눈에 들어오지도 않는 책을 반듯한 자세를 하고 열심히도 읽었다. 그런데 한 참이 지나도 선생님이 오시질 않았다. 난 잘못 들었나 싶어 친구에게 물어보았다.

"우리 남아 있으라고 한 것 맞지?"
"같이 듣고 왜 딴소리야!"

그러는 와중에 선생님이 문을 열고 들어오셨다. 우린 자세를 바로하고 다시 책에 고개를 파묻었다. 선생님은 책상 위에 무언가를 올려놓으며 우릴 부르셨다.

"얼른 와서 수박들 먹어라."

뜻밖의 말씀에 어리둥절하여 머리를 긁적이며 나오는데 쟁반위에 놓인 수박이 눈에 들어왔다. 선생님은 우리를 자리에 앉히고는 수박을 하나씩 건네 주셨다. 그리고는 인자한 얼굴로 다정스럽게 말씀하셨다. 친구와 난 수박을 입에 머금은 채로 눈물을 글썽였다.

"공부는 지금처럼만 하면 되는 거야, 앞으로 그렇게 할 수 있겠지?"

"……"

"일찍이 좋은 선생님을 만나게 하시어서 훗날에 좋은 귀감이 되게 하시니 감사합니다. 이젠 책도 열심히 읽고 글도 쓰면서 선생님처럼 훌륭한 사람이 되고자 노력하고 있으니 이 또한 감사합니다."

46일

"나 같은 사람이"

주님, 나 같은 사람을 구원해 주시니 감사합니다. 나 같은 사람을 사랑해 주시니 감사합니다. 그리고 지금의 나의 나 된 것이 십자가의 보혈로서 얻어진 주님의 은혜임을 감사합니다.

정의롭기보다 불의했던 적이 많았고
진실하기보다 거짓되었던 적이 많았고
화평하기보다 반목했던 적이 더 많았다.

건넨 도움보다 받은 도움이 많았고
해준 용서보다 받은 용서가 많았고
줬던 사랑보다 받은 사랑이 더 많았다.

나를 미워했던 사람보다 내가 미워했던 사람이 많았고
나를 아프게 했던 사람보다 내가 아프게 했던 사람이
많았고
나를 눈물짓게 한 사람보다 내가 눈물 흘리게 한 사람이
더 많았다.

"주님, 나 같은 사람을 구원해 주시니 감사합니다. 나 같은 사람을 사랑해 주시니 감사합니다. 그리고 지금의 나의 나 된 것이 십자가의 보혈로서 얻어진 주님의 은혜임을 감사합니다."

47일

"천국에서의 아침"

나를 찾아오는 사람은 없어도 나를 불러주는 고마운 친구는 있어 감사합니다. 친구가 베푼 호의에 내가 결코 헛살지 않았다는 것을 깨닫게 해 주시니 감사합니다. 살아있는 동안에도 시시때때로 천국을 경험하게 하시니 감사합니다.

아내를 친정에 보낸 친구의 집에서 하룻밤을 묵었다. 전날 밤 친구 집에 도착한 난 많은 이야기를 나누며 그와 즐거운 시간을 보냈다. 친구는 과일이며 음식이며 나에게 연신 건넸다. 허물없는 사이인지라 대접하는 친구도 대접 받는 나도 마음이 더 없이 편했다.

친구가 전날 베풀었던 호의가 사소한 것이었음을 알게 된 것은 오늘 아침식사 때였다. 기껏 라면이거나 반찬 두어 가지가 있는 조촐한 식탁일 거라 생각했는데 그가 준비한 것은 아주 놀랄만한 것이었다. 보고도 믿지 못할 상황에 입이 딱 벌어졌다. 더욱이 우리가 식사하려는 시간은 아주 이른 시각이었다.

그가 테라스에 준비해 놓은 것은 다름 아닌 삼겹살이었다. 불판 위에서 삼겹살이 맛있는 냄새를 풍기며 구워지고 있었다. 게다가 바닥에는 근사한 돗자리가 깔려 있었고 주변엔 파절임

부터 상추, 깻잎, 고추, 된장, 마늘, 음료수 등 필요한 모든 것이 준비되어 있었다. 새벽녘 주방에서 들려온 소리의 정체를 알 수 있었다.

가난한 청년부 시절, 다섯 명의 형제들과 한 집에서 북적이며 살 때 내가 종종 만들어준 음식을 맛있게 먹어준 것에 대한 보답 같았다.

풍성한 식탁을 앞에 두고 그가 식사기도를 하면서 나를 위한 축복기도도 해주었다. 내 손을 꼭 잡은 그의 말이 천사의 언어처럼 달콤하고 기분 좋게 와 닿았다. 그가 다정스레 내민 고기쌈을 입에 넣었을 땐 그곳은 친구의 집이 아닌 천국이었다.

"나를 찾아오는 사람은 없어도 나를 불러주는 고마운 친구는 있어 감사합니다. 친구가 베푼 호의에 내가 결코 헛살지 않았다는 것을 깨닫게 해 주시니 감사합니다. 살아있는 동안에도 시시때때로 천국을 경험하게 하시니 감사합니다."

48일

"후배의 가르침"

노래로 축복해주고 사랑으로 가르침을 준 멋진 후배님에게 감사합니다. 친구가 오늘 일을 가슴에 새겨 아내에게 더 없이 좋은 남편이 될 줄 믿기에 감사합니다.

친구의 결혼식을 다녀왔다. 예전에 매일같이 술만 퍼 마시던 녀석이 어느덧 장가를 가게 된 것이다. 식장 앞에서 하객들과 인사를 나누는 모습이 그렇게 의젓해 보일 수 없었다. 허풍세고 덤벙거리는 친구를 남편으로 맞이한 신부에게 고마운 마음이 들었다.

주례사에 앞서 젊은 남녀의 축가가 있었다. 신부의 후배들이었다. 다정해 보이는 것이 서로 사랑하는 사이인 듯했다. 피아노 반주와 함께 남자가 감미로운 목소리로 선창을 했다. 무대매너도 좋고 음정도 남다른 것이 음악을 전공한 사람 같았다.

남자가 몇 소절을 부른 후 다음은 여자 차례였다. 그런데 여자가 긴장해서인지 그만 박자를 놓쳐버렸다. 여자의 얼굴에 당황하는 빛이 역력했다.

그러자 남자가 재빠르게 마이크를 입에 갖다 대고는 "여러

분도 함께 박수쳐요!"라며 외치는 것이다. 그 말에 하객뿐만 아니라 신랑신부도 함박웃음을 지으며 덩달아 박수를 쳤다. 잠시 싸늘했던 분위기가 멋지게 반전되었다.

신랑신부는 그 모습을 지켜보며 서로에게 각별한 마음을 가졌을 것 같다. 부부로 살다가 서로에게 부족함이 보이면 그들처럼 사랑으로 덮어주고 감싸주어야 한다는 것을 말이다. 그러기 위해선 때론 용기도 필요하다는 것을 말이다.

"노래로 축복해주고 사랑으로 가르침을 준 멋진 후배님에게 감사합니다. 친구가 오늘 일을 가슴에 새겨 아내에게 더 없이 좋은 남편이 될 줄 믿기에 감사합니다.

49일 "노화는 당치도 않은 말"

새치보다 검은 머리가 더 많음을 감사합니다. 새치를 검은 머리와 구분할 수 있는 밝은 눈을 주셔서 감사합니다. 장시간 새치를 뽑아도 피곤치 않는 젊은 날의 기력을 주셔서 감사합니다.

눈에 거슬리는 몇 개의 새치가 있어 족집게를 들었다. 수월하게 뽑기 위해 이리저리 머리카락을 들췄다. 순간 놀라지 않을 수 없었다. 드러난 새치보다 감춰진 새치가 훨씬 많은 것이다. 늙어가고 있다는 생각에 마음이 침울해졌다.

서글픔을 억누르고 새치를 하나하나 뽑았다. 새치도 몸의 일부라고 여기며 심중에 밉게 여기지 않았다. 그렇게 거울 앞에서 새치와 한 참 씨름을 하고 나서야 머리가 말끔해졌다. 여전히 젊어 보였다. 청춘인 나에게 노화는 아직 당치도 않은 말이다.

"새치보다 검은 머리가 더 많음을 감사합니다. 새치를 검은 머리와 구분할 수 있는 밝은 눈을 주셔서 감사합니다. 장시간 새치를 뽑아도 피곤치 않는 젊은 날의 기력을 주셔서 감사합니다."

50일

"소망의 기도가 있기에"

제가 마음이 동하여 오늘 '전파 선교사'를 가입하게 하시니 감사합니다. 내가 후원하는 적은 금액이 죽어가는 영혼들을 살리는 가치 있는 사역에 사용될 줄 알기에 감사합니다. 드릴 수 있는 이 작은 물질조차 하나님께서 주신 것이기에 감사합니다.

극동방송을 틀었더니 마침 〈소망의 기도〉가 흘러나왔다. 아나운서의 오프닝 멘트와 목사님의 기도가 끝나자 청취자들과 연락이 닿았다. 매번 방송을 듣다 보면 마음이 숙연해 질 때가 한 두 번이 아니다.

어떤 분은 울먹이며 연신 눈물만 흘리고, 어떤 분은 막막한 현실에 말을 잇지 못하며, 어떤 분은 귀가 어두워 통화하는데 어려움을 겪기도 한다. 남녀노소 불문하고 그분들이 꺼내 놓는 기막힌 사연을 듣노라면 절로 한 숨이 나온다.

어떤 분은 생사를 넘나드는 누군가의 생명을 놓고, 어떤 분은 갑자기 들이닥친 경제적 어려움을 놓고, 또 어떤 분은 깨어진 가정의 회복을 놓고 목사님께 기도를 요청한다.

방송에서 들려오는 기도 소리에 연신 아멘으로 반응하며 그것이 꼭 이루어지길 마음속으로 간절히 바란다. 그들이 하나님 안에서의 형제자매이고 가족이라는 영적 동질감 때문만은 아니다. 목소리만으로도 짐작할 수 있는 그들의 절박함 때문만도 아니다. 직면한 문제를 삶으로 접한다는 것이 어떠한 것인지를 너무도 잘 알기 때문이다.

그것은 마음만 먹으면 언제든지 떨쳐 버릴 수 있는 가벼운 성질의 것이 아니다. 그분들은 문제의 실체를 뻔히 알고도 고스란히 삶으로 고통을 감내해야만 한다. 조금도 저항할 수 없는 무기력함속에서 고통과 삶을 섞으며 마냥 버텨야만 한다. 지금의 상황이 언제 끝날지 모르는 체 말이다. 이쯤 되면 살아도 사는 게 아닌 것이다.

그러기에 〈소망의 기도〉가 있어 참으로 감사했다. 하나님은 능치 못하실 일이 없기 때문이다. 하나님은 죽은 자를 살리시고 없는 것을 있게 하시는 분이시기 때문이다. 우리를 환난에서 건지지고 도우시는 능력의 하나님이시기 때문이다. 절망가운데 있던 나를 구원하시고 희망의 삶을 살게 하신 하나님께서 그분들에게도 분명 그리 하실 것이기 때문이다.

"제가 마음이 동하여 오늘 '전파 선교사'를 가입하게 하시니 감사합니다. 내가 후원하는 적은 금액이 죽어가는 영혼들을 살리는 가치 있는 사역에 사용될 줄 알기에 감사합니다. 드릴 수 있는 이 작은 물질조차 하나님께서 주신 것이기에 감사합니다."

51일 "내 생각과 같지 않더라"

순종은 이해의 열쇠라는 말을 깨닫게 하시니 감사합니다.
하나님의 선하신 뜻은 우리가 이해 못 할 상황가운데 더 많이 깃들여
있음에 감사합니다. 그리고 모세도 나와 같은 성정의 사람이었다는
사실에 보다 친근감을 느끼게 하시니 감사합니다.

"모세가 여호와께 돌아와서 아뢰되 주여 어찌하여 이 백성이 학대를 당하게 하셨나이까 어찌하여 나를 보내셨나이까 내가 바로에게 들어가서 주의 이름으로 말한 후로부터 그가 이 백성을 더 학대하며 주께서도 주의 백성을 구원하지 아니하시나이다"(출 5:22,23)

이 말씀을 읽다가 몇 년 전 이해 못했던 일이 한 순간에 이해가 되었다. 당시 나의 생각과 너무나도 다른 상황에 한 동안 하나님을 얼마나 원망했는지 모른다.

문서팀장 자리를 어떻게든 피하려다 나름 순종하는 마음으로 받아들였더니 예상했던 것과 전혀 다른 상황이 펼쳐진 것이다. 섬길 수 없는 상황에서 하나님께 순종했기에 모든 일이 순적할 것이라 생각했는데 시작부터 심각한 문제에 봉착했다. 함

께 사역할 임원들이 좀처럼 세워지지 않고 기껏 선출되고도 이런저런 문제로 매번 티격태격했다.

대부분이 몇 달이 못 되어 다 떠나고 실질적으로 나와 두 사람이 작업을 했다. 한 사람은 편집을, 나는 원고를 맡으며 한 주 한 주를 겨우 버티다시피 했다. 뜻밖의 상황에 기가 막혔다. 이렇게 고생하며 1년을 끌어 갈 것을 생각하니 한 숨 밖에 나오지 않았다.

오늘 말씀을 통해 그 때의 일이 모든 일이 합력하여 선을 이루신 하나님의 계획임을 깨달았다. 사실 팀장을 맡을 당시엔 삶이 너무도 각박하여 교회 가는 것도 귀찮았다. 그런 내가 막상 직분을 맡고 나니 교회도 자주 가게 되고 맡은 사역 때문이라도 기도를 안 할 수가 없었다.

하지만 하나님께서 그러한 상황을 주신 데에는 진짜 이유가 있었다. 내게 주신 비전을 이루어 가시기 위함이었다. 난 그 기간 글을 손 볼 수 있는 교정 능력이 부쩍 늘었다. 글을 객관적으로 볼 수 있는 안목이 생겼고 나아가 이전보다 더 좋은 글을 쓸 수 있게 되었다. 돌이켜보면 참으로 감사한 일이 아닐 수 없다. 그러한 시간을 거치지 못했다면 첫 책이 나오기까지 꽤나 오랜 시간이 걸렸을 것이다.

모세도 나와 같은 심정이었을 것이다. 하나님께 순종했기에 모든 일이 순적할 것이라 생각했는데 전혀 다른 상황이 펼쳐졌으니 말이다. 게다가 바로와 감독들만 마음이 강퍅해진 것이 아니라 자신의 동족들도 모세를 원수처럼 여긴 것이다. 그러니 열불(?)이 난 모세가 하나님께 격렬하게 따질 만도 하다.

하지만 완악해진 바로를 통하여 이스라엘 백성이 더 힘든 노역을 하는 계기가 없었다면 그들은 출애굽에 대한 소망을 품지 못했을 것이다. 평생을 노예처럼 살다가 애굽 땅에 자손대대로 뼈를 묻었을 것이다. 모세도 마찬가지였을 것이다. 앞선 상황이 없었다면 이스라엘 백성을 홍해를 건너 약속의 땅으로 인도하는 위대한 지도자가 되지 못했을 것이다.

한 길 물속도 모르는 우리 인간이 하나님의 뜻을 모르는 것은 어찌 보면 당연한 일인지도 모르겠다.

"순종은 이해의 열쇠라는 말을 깨닫게 하시니 감사합니다. 하나님의 선하신 뜻은 우리가 이해 못 할 상황가운데 더 많이 깃들여 있음에 감사합니다. 그리고 모세도 나와 같은 성정의 사람이었다는 사실에 보다 친근감을 느끼게 하시니 감사합니다."

52일

"조카를 위하여"

삶에서 무심코 지나칠 수 있는 주변의 누군가를 가족처럼 귀히 여길 수 있는 마음을 주시니 감사합니다. 사랑스런 조카가 기사님처럼 성실함으로 제 몫을 다하며 어딘가에서 열심히 살아가고 있기에 감사합니다.

마장동에서 볼 일을 끝내고 버스를 탔다. 자리가 여의치 않아 출입문 앞쪽에 자리를 잡았다. 버스 앞 유리로 들어오는 도심의 풍경을 바라보노라니 익숙한 길이 새롭게 보였다.

얼핏 운전석을 봤는데 기사님이 여자였다. 버스 기사님 중에도 여자가 있다는 얘기를 듣기는 했지만 막상 접하고 보니 그 모습이 너무도 신선했다. 기사님은 옅은 화장을 하고 곱게 틀어 올린 머리에 핀을 꽂고 있었다. 청순한 그 모습이 마치 망울을 터트린 봄꽃처럼 화사했다.

그런 기사님이 마음에 더 애틋하게 와 닿았던 것은 나의 조카와 얼굴이 너무도 닮아서였다. 갸름한 얼굴에 이목구비가 뚜렷한 것이 올해 고등학교를 졸업하고 타지에서 직장생활 하는 조카와 너무도 흡사했다. 남 같지 않다는 생각에 기사님을 위해 기도하며 마음껏 축복해주었다. 그리고 조카가 타지에서 몸이 아프면 서러운 마음이 들까 싶어 기사님도 건강할 수 있도록 간절한 마음으로 기도했다.

그러는 중에 버스는 어느덧 목적지에 다 닿았다. 기사님을 다시 한 번 힐끗 쳐다보고는 출입문 쪽으로 향했다. 그런데 버스 문이 바로 안 열리는 것이다. 그러자 성미 급한 아주머니 한 분이 기사님을 향해 큰 소리로 외쳤다.

"아저씨, 문 좀 열어 주세요!"

난 하마터면 아주머니를 노려보며 이렇게 말 할 뻔 했다.

"우리 조카 남자 아니거든요!"

"삶에서 무심코 지나칠 수 있는 주변의 누군가를 가족처럼 귀히 여길 수 있는 마음을 주시니 감사합니다. 사랑스런 조카가 기사님처럼 성실함으로 제 몫을 다하며 어딘가에서 열심히 살아가고 있기에 감사합니다."

53일

"과일이 무서워"

오늘 일을 통하여 죄의 실상을 보게 하시고 그 대가가 어떠한 것인지를 깨닫게 하시니 감사합니다. 하나님을 가까이 하는 것이 곧 죄를 멀리하는 것임을 자각하게 하시고 마음에 영적인 각성을 다지게 하시니 감사합니다.

지난 주 부터 청과물 시장에서 일을 했다. 낮에 쉬고 밤에 근무하는 고단한 일이다. 주로 하는 일은 과일의 상, 하차와 상품을 진열하는 것이다. 그 중에서도 진열은 판매와 직결된 것이어서 특히 신경을 많이 썼다.

상자속의 과일을 선별해서 상태가 좋은 것은 광을 내어 위로 올리고 흠이 있는 녀석들은 바닥에 깔았다. 주변엔 과일상자가 수북했고 과일은 없는 것이 없어 과수원이 통째로 들어와 있는 것 같았다. 좋아하는 과일을 양껏 먹을 수 있다는 생각에 이곳에 오래있을 생각을 하였다.

그랬던 내가 과일만 봐도 넌더리가 난건 오늘이었다. 깨지거나 상태가 좋지 않아 구석에 쌓아 놓은 과일들이 썩기 시작한 것이다. 여름철 고온다습한 환경이라 부패속도가 무척이나 빨랐다.

특히 수박은 정도가 더 심해 불길에 녹아내린 플라스틱 제품처럼 형체가 심하게 일그러져 있었다. 껍질의 윤기는 자취를 감추었고 액즙의 수분은 탁했으며 과육은 상한 속살을 흉물스럽게 드러내었다. 얼핏 봐서는 수박인지 호박인지 알 길이 없었다.

시각적인 거북함은 그나마 감내할 수 있었다. 문제는 상상을 초월하는 악취였다. 음식물 썩는 냄새에 화공약품이 섞인 것만 같은 역겨운 냄새였다. 숨을 들이실 때마다 얼굴이 질리고 속이 뒤집어졌다. 콧속에 와 닿는 적은 양에도 피부가 썩어 문드러지는 듯 했다. 보암직하고 먹음직한 과일이 부패가 되고 나니 오물과 다를 바 없었다. 탐스럽고 싱싱했던 과일이 썩어지고 나니 배설물과 다를 바 없었다. 본래의 모양은 오간데 없이 부패균에 점령당한 사체 위로 굶주린 파리만이 우글거렸다. 결국 비위를 견디지 못해 오늘 가게를 그만두었다.

오늘 일은 내게 영적 경각심을 불러 일으켰다. 균이 침투하여 본래의 모습을 잃는 것이 비단 과일만은 아니기 때문이다. 잠시라도 깨어있지 않으면 나도 언제든지 그렇게 될 수 있는 것이다. 잠식(蠶食)이라는 말처럼 누에가 뽕잎을 먹듯 사각거리는 작은 소리만 날 뿐인데 뽕잎은 순식간에 없어지고 마는 것이다.

마찬가지로 해악을 끼치는 죄의 균이 영혼에 서식하면 나의 삶 또한 그렇게 될 것이다. 밑으로는 뿌리가 마르고 위로는 가지가 시들며 치유 불가능한 절망적인 순간에 직면하게 될 것이다. 그리고 종국에는 죄가 영혼에 기생하여 삶이 부패되어지는 참담함을 경험하게 될 것이다.

"오늘 일을 통하여 죄의 실상을 보게 하시고 그 대가가 어떠한 것인지를 깨닫게 하시니 감사합니다. 하나님을 가까이 하는 것이 곧 죄를 멀리하는 것임을 자각하게 하시고 마음에 영적인 각성을 다지게 하시니 감사합니다."

54일 "이것도 하나의 추억"

추억은 상황이 아닌 마음을 통해 만들어지는 것임을 깨닫게 하시니 감사합니다. 절망조차도 감사함으로 받아들이면 훗날 좋은 추억이 될 수 있음을 감사합니다. 한편의 예능프로가 삶에 좋은 교훈이 되게 하시니 감사합니다.

"이것도 하나의 추억이 되지 않겠습니까!"

〈진짜 사나이〉라는 예능 프로에서 한 연예인 병사가 한 말이다. 방공호를 힘겹게 파고 나서 좁디좁은 곳에서 밤을 새야 하는 상황인데도 말이다.

이 말이 너무도 멋지게 와 닿았다. 인생을 이런 마음가짐으로 살아간다면 감사하지 않을 것이 없기 때문이다. 감사함으로 이겨 낸 그 상황이 훗날 좋은 기억이 되어 한편의 아름다운 추억이 될 것이다.

신앙생활도 이런 마음으로 하면 좋겠다는 생각을 해보았다. 내일 일을 알 수 없는 절망적인 순간에서도 그 시간을 하나님을 더 깊이 알 수 있는 은혜로 여긴다면 훗날 그 시간도 영적인 추억이 될 것이다. 그리고 후에 동일한 상황을 다시 접한 다면 분명 이전과 다른 믿음으로 그 상황을 멋지게 헤쳐 나갈 수 있을 것이다. 셰익스피어가 말했다.

“세상에는 좋거나 나쁜 게 없다. 다만 우리의 생각이 그렇게 만들 뿐이다.”

하나님이 우리에게 주신 모든 상황도 선한 것이기에 감사함으로 받으면 버릴 것이 없을 것이다.

“추억은 상황이 아닌 마음을 통해 만들어지는 것임을 깨닫게 하시니 감사합니다. 절망조차도 감사함으로 받아들이면 훗날 좋은 추억이 될 수 있음을 감사합니다. 한편의 예능프로가 삶에 좋은 교훈이 되게 하시니 감사합니다.

55일

"나라가 있어야"

나라사랑은 '나'가 아닌 '나라'를 먼저 생각할 때 시작되는 것임을 깨닫게 하시니 감사합니다. 내가 속한 대한민국이 어느 나라에도 뒤지지 않는 스포츠 강국임을 감사합니다.

한국이 금메달을 딴 야구 결승전 기사를 신문으로 읽었다. 메이저리그에서 활약하는 추신수 선수의 소감에 가슴이 뭉클했다.

"늘 애국가가 울리고 태극기가 올라가면 눈물이 난다. 내 마음속엔 항상 한국이 있다."

전에 김인식 감독님이 월드 베이스 볼 클래식에 출전하며 하셨던 말이 생각났다.

"나라가 있어야 야구도 있다."

스포츠로 국위선양을 하며 나라사랑을 실천하는 분들에게

너무도 감사했다. 앞으로 목이 터져라 더 열심히 응원해야겠다.

"나라사랑은 '나'가 아닌 '나라'를 먼저 생각할 때 시작되는 것임을 깨닫게 하시니 감사합니다. 내가 속한 대한민국이 어느 나라에도 뒤지지 않는 스포츠 강국임을 감사합니다."

56일

"난 믿음 좋은 사람"

의심 많은 내가 하나님이 살아 계시다는 가장 놀라운 일을 의심치 않고 믿어왔다는 것에 감사합니다. 하나님이 세상을 창조하신 그때부터 보이지 않는 그의 속성, 곧 그의 영원하신 능력과 신성이 그가 만드신 만물을 통해 우리에게 분명이 나타나게 하시니 감사합니다.

"이 자리에 하나님의 살아계심을 의심하는 사람이 있다면 예배를 통해 믿어지는 은혜가 있기를 바랍니다."

오늘 설교를 듣다가 내가 무척 믿음 좋은 사람이라는 생각이 들었다. 기억을 더듬어보니 하나님을 믿고 나서 그분의 존재를 의심해 본 적이 없었던 것이다. 하나님의 선하심과 신실하심은 가끔 의심해도 존재를 부인하지는 않았다. 늘 그분의 임재를 느끼며 사는 것은 아니지만 삶에서 하나님의 살아 계심을 늘 경험하기 때문이다.

설교가 끝나고 나서 그 말씀을 마음에 두고 스스로 믿음 좋은 사람이라며 한껏 치켜세웠다. 생각만으로도 엄청난 자부심이 들었다. 그도 그럴 것이 근래 들어 내 자신을 믿음 없는 사람이라며 자책해 왔기 때문이다.

근래 하나님께 기도하면서 응답해 주실 것이라는 믿음이 조금도 들지 않았다. 입술로는 구하면서도 마음 한 편에선 의심이 가득했다. 큰 것을 구하든, 작은 것을 구하든 마찬가지였다. 중국집에 자장면을 시키면 갖다 줄 것이라는 믿음은 가지면서도 더 위대하신 하나님께 구하면서도 그것을 응답해 줄 것이라는 생각이 조금도 들지 않았다. 하나님에 대한 나의 믿음은 중국집에 대한 믿음보다 못한 것이었다.

그런 내가 하나님의 살아계심을 의심하지 않고 믿어왔다는 것이 너무도 감사했다. 바로 왕은 하나님이 보여준 열 가지의 기적을 경험하고도 그분을 믿지 않았지만 난 그러한 경험을 하지 않고도 하나님을 믿은 것이다.

하지만 이것조차 하나님의 은혜일 것이다. 이 믿음 또한 하나님께서 주신 것이기 때문이다. 하나님께서 주시지 않으면 무엇 하나 가질 수 없는 것이다. 하나님을 믿게 하신 그 은혜가 오늘따라 더욱 감사하다.

"의심 많은 내가 하나님이 살아 계시다는 가장 놀라운 일을 의심치 않고 믿어왔다는 것에 감사합니다. 하나님이 세상을 창조하신 그때부터 보이지 않는 그의 속성, 곧 그의 영원하신 능력과 신성이 그가 만드신 만물을 통해 우리에게 분명이 나타나게 하시니 감사합니다."

57일 "손님 부적합"

한 잔의 물보다 귀한 한 줄의 문구로 지난날의 잘못을 돌이키게 하시니 감사합니다. 세상에 낙인찍혔던 부적합한 나의 인생이 하나님의 손에서 쓸모 있게 다듬어 지고 있으니 감사합니다.

오후에 바람도 쐴 겸 삼청공원을 다녀왔다. 도심 가까운 곳에서 가을의 정취를 만끽할 수 있다는 것이 새삼 새로웠다. 햇살을 머금은 시냇물은 더없이 맑았고 푸른빛을 띤 높은 하늘은 고향집 지붕처럼 포근하게 느껴졌다.

그렇게 여유로운 마음으로 산책을 하다 약수터에 닿았다. 갈증이 나서 시원한 물을 들이킬 작정이었다. 그런데 평소에 걸려 있던 바가지가 보이지 않았다. 이상하다 싶어 주변을 살펴보니 '음용 부적합'이라고 적힌 문구가 보였다. 밑에는 이런 글귀가 적혀 있었다.

"이 물을 계속 마실 경우 건강을 해칠 우려가 있으니 음용 적합 판정 시까지 금지하시기 바랍니다. 종로구 공원 녹지과."

불과 한 달 전에 마셨던 물이 그 사이 식수불가 판정을 받은 것이다. 물 마실 생각이 싹 달아나면서 머릿속에 떠오르는 생각이 있었다. 신앙도 한 순간에 그럴 수 있겠다는 것이다. 하나님을 믿는다고 하면서 계속해서 주변에 무익함을 끼치면 사람들은 언젠가 내 삶에 '크리스천 부적합' 딱지를 붙일 것이다. 그리고 자신에게 해를 끼치지 않을 때까지 내게서 거리를 둘 것이다.

이런 저런 생각을 하는 중에 며칠 전의 일이 떠올랐다. 근래 사소한 일로 식당 주인과 언쟁을 한 것이다. 대충 넘어가면 될 것을 상대방이 수긍할 때까지 집요하게 따지고 들었다. 적당한 선에서 끝냈어도 알아들었을 텐데 난 그분의 태도를 도저히 용납할 수 없었다. 상대방이 불편할지라도 그렇게 해야만 다른 손님에게도 그러지 않을 거라 생각했다.

돌이켜보니 그러지 말아야 했다. 내가 하는 말이 옳은 소리니 무조건 받아들이라는 것이 아니라 상대방이 들어 줄 수 있는 범위 내에서 적당히 말을 했어야 했다. 나부터도 옳은 소리를 하는 사람보다 나를 이해해 주는 사람의 말을 더 잘 듣기 때문이다. 하긴 사람의 단점이라는 것이 감정만으로 접근한다고 해서 쉽게 고쳐지는 것도 아닐 것이다.

지금이라도 그 분에게 미안한 마음이 들어서 다행이다. 그렇지 않으면 언젠가 나에게도 '손님 부적합' 이라는 딱지가 붙을 것이기 때문이다.

"한 잔의 물보다 귀한 한 줄의 문구로 지난날의 잘못을 돌이키게 하시니 감사합니다. 세상에 낙인찍혔던 부적합한 나의 인생이 하나님의 손에서 쓸모 있게 다듬어 지고 있으니 감사합니다."

58일

"간절히 더 간절히"

"궁금증으로 말씀을 깨닫고자 진리의 문을 두드리게 하시니 감사합니다. 하나님께서 때가 되면 모든 이에게 문을 열어주시는 신실하신 분이라는 것에 감사합니다.

"구하는 이마다 받을 것이요 찾는 이는 찾아낼 것이요 두드리는 이에게는 열릴 것이니라"(마 7:8).

이 말씀을 읽다가 왜 기도가 어떤 것은 응답이 빠르고 어떤 것은 느린지 이해가 될 것 같았다.

첫째, 몇 번을 두드리라는 말이 없기 때문이다. 그래서 어떤 이는 한 번만 두드리고도 문이 열리지만 어떤 이는 쉴 세 없이 두드리고서야 문이 열린다.

둘째, 어느 정도의 세기로 문을 두드리라는 말이 없기 때문이다. 그래서 어떤 이는 살살 두드리고도 문이 열리지만 어떤 이는 있는 힘껏 두드려야만 문이 열린다.

하지만 문이 가장 빨리 열리는 방법은 역시 얼마만큼의 간절함을 가지고 두드리느냐는 것이다. 앞으로 하나님 앞에 그러한 마음으로 문을 두드려야겠다.

"궁금증으로 말씀을 깨닫고자 진리의 문을 두드리게 하시니 감사합니다. 하나님께서 때가 되면 모든 이에게 문을 열어주시는 신실하신 분이라는 것에 감사합니다."

59일 "누군가 날 위해 기도하네"

"달콤한 잠을 물리치고 날 위해 기도해준 지체들이 있어 감사합니다. 우리가 처한 삶의 막다른 골목을 쉽게 빠져 나올 수 있는 가장 좋은 방법은 오직 중보기도임을 경험케 하시니 감사합니다.

오늘 아침은 내게 너무도 특별했다. 어찌된 일인지 정신은 온전했고 몸은 멀쩡했기 때문이다.

어제 퇴근할 무렵 몸이 으슬으슬하더니 약간의 열이 났다. 한시라도 빨리 쉬는 것이 좋을 것 같아 약속까지 취소하고 서둘러 집을 향했다. 밥 생각이 없었지만 그래도 한 술 뜨는 것이 나을 것 같아 적당히 배를 채우고 자리에 누웠다. 몸 상태는 여전했지만 기분 같아선 푹 자고나면 나을 것도 같았다. 그리고는 얼마 못되어 잠이 들었다.

하지만 잠에서 깬 건 자정이 못 된 시각이었다. 입 안에 침이 가득 고여 잠이 깬 것이다. 힘든 몸을 겨우 일으켜 화장실에서 침을 뱉고는 다시 잠자리에 들었다. 하지만 얼마 못되어 똑같은 증상으로 잠이 깨었다. 또 한 번 화장실로 직행했다.

그렇게 화장실 들락거리기를 여러 차례, 하도 귀찮아 화장지를 쓰레기통에 깔고는 즉석에서 해결했다. 그래도 이 정도야 감당하겠거니 나름 좋게 생각 하는데 이제는 속까지 좋지 않은 것이다. 오바이트가 날 조짐이었다. 차마 그것까지는 쓰레기통에 쏟아 낼 수 없는지라 부리나케 화장실로 내달렸다. 마음 같아선 시원하게 쏟아질 것 같던 토사물이 인색하리만큼 찔끔찔끔 새어 나왔다. 위산이 역류하며 위를 깎아 내리는 것이 아주 곤욕이었다. 순간 직감이 드는 것이 밤새 이런 식으로 고생을 할 것 같았다.

직감은 불행히도 적중했다. 오바이트를 해결하기 위해 안방과 화장실을 분주히 오갔다. 청결함을 따질 것도 없이 몸이 시키는 대로 쓰레기통과 변기에 얼굴을 박았다. 몽롱한 정신으로 거울을 보니 눈알은 시뻘겋고 얼굴은 피폐한 것이 몰골이 말이 아니었다.

집에 오면서 약을 사 오지 않은 것이 크게 후회가 되었다. 이제는 자정이 넘어 살 수도 없거니와 설령 약국이 열었을지라도 성치 않은 몸을 이끌고 밖을 나설 기력이 없었다. 동창이 밝기까지 몸으로 때우는 수밖에는 달리 방법이 없었다.

내 몸을 내가 잘 아는지라 출근을 못하겠거니 망연자실하는데 문득 머릿속에 떠오르는 것이 있었다. 중보기도였다. 급히 핸드폰의 전화번호를 뒤적여 다섯 명을 추렸다. 이들만큼은 나의 절박한 기도요청을 저버리지 않을 것이라는 생각에서였다.

아픈 나를 위해 기도해 달라며 간절함을 담아 문자를 보냈다. 늦은 시간임에도 여러 명의 지체가 위로의 문자를 보내 왔다. 기도하겠으니 몸조리 잘하라는 것이다. 그 뒤로도 쓰레기통과 변기에 몇 번이고 얼굴을 파묻다 한참 후에야 잠이 들었다.

그리고 맞이한 아침, 평소처럼 자연스레 눈이 뜨였다. 어찌된 된 일인지 정신은 온전했고 몸도 멀쩡했다. 늦은 밤 지체들에게 문자를 보낸 것이 생각났다.

"제가 지금 몸이 너무 아파요. 저를 위해 기도부탁 드려요."

누군가 날 위해 기도하면 낫을 것이라는 믿음이 내게 있었다. 하지만 그 믿음만이 낫게 했다고 생각지 않는다. 늦은 밤 누군가를 위해 기도하는 그들의 어여쁜 마음을 하나님께서 나의 믿음만큼이나 귀하게 여기셨을 것이기 때문이다.

게다가 하나님께서는 그들의 기도에 얼마나 확실하게 응답하셨는지 오늘 예정된 회식까지 취소시키면서 나의 몸을 돌보게 하셨으니 중보기도의 위력은 더 말할 것이 없을 것이다.

"달콤한 잠을 물리치고 날 위해 기도해준 지체들이 있어 감사합니다. 우리가 처한 삶의 막다른 골목을 쉽게 빠져 나올 수 있는 가장 좋은 방법은 오직 중보기도임을 경험케 하시니 감사합니다."

60일 "어디에도 보이지 않더라"

일상의 작은 일을 통하여 신앙의 큰 그림을 보게 하시니 감사합니다. 삶에서 일어나는 모든 현상에는 그만한 이유가 있음을 깨닫게 하시니 감사합니다. 그리고 건망증조차 선하게 사용하시어 내게 유익이 되게 하시니 감사합니다.

집을 나서다 열쇠가 없어 다시 방으로 들어갔다. 그런데 늘 놓던 책상 위에 열쇠가 없었다. 전날 입었던 옷과 걸어놓은 옷을 샅샅이 뒤졌다. 가방을 거꾸로 쏟아 붓고 집안 구석구석도 살폈다. 하지만 어디에도 열쇠는 없었다. 약속 때문에 마음은 급한데 알 길이 없어 답답했다. 방 어딘가에 있을 거라는 확신이 그나마 위안이 되었다.

이렇게 해서는 못 찾겠다싶어 산만한 마음을 애써 진정시켰다. 그리고 아침부터 집을 나서기까지의 동선을 머릿속으로 차분히 그려보았다. 크고 작은 일들이 시시각각 떠올랐다.

그러는 중에 신빙성 있는 한 장면이 포착됐다. 책상위에 있던 동전을 저금통으로 사용하는 작은 항아리에 넣는 모습이었다. 열쇠를 동전 통에 넣은 멍청이여도 좋으니 제발 있으라는 심정으로 조심스레 뚜껑을 열었다. 다행히 동전위에 열쇠꾸러

미가 올려줘 있었다.

집을 나서는데 문득 떠오르는 생각이 있었다. 다름 아닌 내 안의 죄였다. 지난 날 하나님을 멀리하게 했던 삶의 행적들을 따라가 보면 그 시작에도 분명 죄가 있을 것 같았다.

작년에 있었던 하나의 사건을 기억을 더듬어 추적해 보았다. 머릿속에 펼쳐진 삶의 무수한 행위들 중에 상관없는 것들은 과감히 제거하고 생각의 질주를 거듭하며 심증이 가는 곳에가 닿았다. 역시 그곳에는 죄가 있었다. 하나님에 대한 불신과 원망이었다. 하지만 그것을 떨쳐낼 신령한 것은 어디에도 보이지 않았다.

생각을 정리하며 각오를 다졌다. 삶의 어떤 순간에도 하나님을 원망하지 말자고. 마음이 흔들릴 때면 기도와 말씀으로 이겨내자고. 시편 저자의 고백처럼 주께 범죄 하지 않으려면 주의 말씀을 내 마음에 두어야하기 때문이다.

"일상의 작은 일을 통하여 신앙의 큰 그림을 보게 하시니 감사합니다. 삶에서 일어나는 모든 현상에는 그만한 이유가 있음을 깨닫게 하시니 감사합니다. 그리고 건망증조차 선하게 사용하시어 내게 유익이 되게 하시니 감사합니다."

II

61일 "다시 쓰는 일주일 스케줄"

지난 날 삶에 걸쳐진 더러운 옷들을 벗어버리고 희망의 새 옷으로 갈아입게 하시니 감사합니다. 새 포도주를 낡은 가죽부대에 넣지 아니하고 새 부대에 넣을 수 있는 지혜를 주셔서 감사합니다.

월요일은 월래가 마시는 날.
화요일은 화끈하게 마시는 날.
수요일은 수시로 마시는 날.
목요일은 목이 말라 마시는 날.
금요일은 금방 먹고 또 마시는 날.
토요일은 토하도록 마시는 날.
일요일은 일어나지 못하도록 마시는 날.

어느 술꾼의 일주일 스케줄이라는 글을 읽고는 예전의 내 모습이 떠올랐다. 정말 이런 식으로 무시무시하게 마셨던 적이 불과 엊그제다. 만취가 되어 집으로 돌아가면 그나마 다행이었다. 아침에 눈을 뜨면 파출소거나 경찰서였던 적이 한 두 번이 아니다. 겨우 호흡만 부지하며 살아가는 참담한 인생이었다.

그런 내가 하루를 상쾌함으로 시작하고 있다. 게다가 가슴에 품고 있는 원대한 꿈을 생각하면 심장이 뜨거워질 정도다. 누군가의 말처럼 꿈 없이 잠들지 않고 꿈 없이 잠에서 깨지 않는 지금의 모습이 그저 놀라울 뿐이다. 이참에 감사의 마음으로 새로운 스케줄을 만들어 보았다.

월요일은 월계관 쓸 날을 고대하며 마음에 각오를 다지는 날.
화요일은 화기애애한 분위기를 연출하며 기분 좋게 사는 날.
수요일은 수고로움을 즐거워하며 더 열심히 사는 날.
목요일은 목적의식을 가지고 활기차게 사는 날.
금요일은 금의환향을 꿈꾸며 벅찬 마음으로 사는 날.
토요일은 토네이도처럼 강렬한 에너지를 분출하며
힘차게 사는 날.
일요일은 일장춘몽의 삶이 되지 않도록 다시 한 번
심기일전하는 날.

"지난 날 삶에 걸쳐진 더러운 옷들을 벗어버리고 희망의 새 옷으로 갈아입게 하시니 감사합니다. 새 포도주를 낡은 가죽부대에 넣지 아니하고 새 부대에 넣을 수 있는 지혜를 주셔서 감사합니다."

62일 "너는 아빠도 모르니"

오늘 일을 통하여 무뎌진 나의 신앙을 각성케 하시니 감사합니다. 사소한 일을 통해서도 친히 말씀하시고 삶에 귀한 깨달음을 주시니 감사합니다. 내가 믿는 하나님이 이 세상 누구도 흉내 낼 수 없는 단 한 분뿐인 창조주이심을 감사합니다.

공원 의자에 앉아있는데 꼬마 아이가 아장아장 걸어와 갑자기 나의 다리를 껴안는 것이다. 그러자 아이의 엄마가 깔깔 웃으며 아이를 떼어 놓고 이렇게 말했다.

"너는 아빠도 모르니?"

아이가 나를 아빠로 착각한 이유를 생각해보았다. 얼굴이 아닌 다리만 봐서 그럴 수도 있고, 아빠의 얼굴을 잊어서 그럴 수도 있고, 모습이 아빠와 비슷해서 그럴 수도 있었을 것이다.

이 일을 통해 하나님을 더 알고자 노력해야겠다는 생각이 들었다. 하나님을 어중간하게 알았다가는 마지막 때 진짜 하나님과 가짜 하나님을 구분 못하는 웃지 못 할 상황이 발생할 수 있기 때문이다. 물건만 진짜와 가짜가 있는 것이 아니라 하나님조차 진짜와 가짜가 있는 기막힌 세상이 된 것이다. 영적으로 둔감하여 분별력을 잃다가는 꼬마 아이처럼 아무 다리나 붙잡는 황당한 일이 벌어 질수 있는 것이다.

그러기에 이제라도 현실을 인정하며 삶의 모든 영역에서 영적 민감함을 가져야겠다. 하나님을 다 알았다는 자만에 빠진 순간, 그 때가 하나님께로부터 가장 멀리 떨어져 있는 것이라 했으니 그분을 알아가고 닮아 가는 것을 평생의 목적으로 삼아야겠다.

진짜를 제대로 아는 것으로 가짜를 쉽게 구분하는 것이 말세를 살아가는 마지막 성도에게 참된 지혜가 아닐까 싶다.

"오늘 일을 통하여 무뎌진 나의 신앙을 각성케 하시니 감사합니다. 사소한 일을 통해서도 친히 말씀하시고 삶에 귀한 깨달음을 주시니 감사합니다. 내가 믿는 하나님이 이 세상 누구도 흉내 낼 수 없는 단 한 분뿐인 창조주이심을 감사합니다."

63일

"다 같은 설렘으로"

마음에 덧입혀진 선입견의 껍질을 벗겨낼 때만이 세상을 밝히 볼 수 있음을 깨닫게 하시니 감사합니다. 만나는 모든 사람들이 행복을 찾아 땀 흘리고 수고하며 같은 길을 걸어가는 나와 같은 삶임을 알게 하시니 감사합니다.

지하철역을 들어서는데 젊은 아가씨와 안내 견 한 마리가 눈에 들어왔다. 개의 목줄을 쥔 아가씨의 느릿한 걸음을 보고는 상황을 짐작했다. 옅은 미소를 띤 아가씨의 얼굴은 더 없이 평온해 보였다.

일순간 마음에 품고 있던 그녀에 대한 선입견이 말끔히 사라졌다. 시각장애인을 볼 때마다 그들이 보지 못하는 것을 답답해하고 자신의 불편한 몸을 원망할 것이라 생각했기 때문이다.

하지만 내가 생각하는 것처럼 그녀가 다른 세상에서 사는 것이 아니다. 나와 동일하게 일상의 기대감을 가지고 아침을 시작하고 있는 것이다. 나처럼 꿈을 꾸고 소망을 이루고자 삶을 꾸려가고 있는 것이다. 분주함으로 낮을 보내고 흐뭇함으로 저녁을 맞이하는 것이다. 산다는 것에 설렘을 느끼며 주어진 삶의 몫을 기쁨으로 감당하고 있는 것이다. 그녀와 난 같은 땅을 밟고 같은 햇살을 맞으며 살아가는 똑같은 이웃인 것이다.

"마음에 덧입혀진 선입견의 껍질을 벗겨낼 때만이 세상을 밝히 볼 수 있음을 깨닫게 하시니 감사합니다. 만나는 모든 사람들이 행복을 찾아 땀 흘리고 수고하며 같은 길을 걸어가는 나와 같은 삶임을 알게 하시니 감사합니다.

64일

"또 다시 괴롭힐지라도"

잠을 하나님이 주시는 사랑의 증표로 여기며 감사함으로 눕고
감사함으로 깰 수 있으니 감사합니다. 자는 중에도 꿈을 꾸게 하시어서
긴 밤을 지루하지 않게 하시니 또한 감사합니다.

인간이 가장 참기 힘든 것이 무엇인지를 조사한 설문조사를 읽었다. 상위권에 랭크된 순위는 이러했다.

1위. 설사
2위. 가려움
3위. 재채기
4위. 졸음
5위. 딸꾹질

우열을 가린다는 자체가 난감하기 짝이 없는 불쾌한 녀석들이다. 1위는 그렇다 쳐도 2위만큼은 개인적으로 불면증에 한 표를 행사하고 싶다. 지독한 불면으로 몸서리쳤던 지난날들이 아직도 기억에 생생하기 때문이다.

몇 년 전 심각할 정도의 불면증에 시달렸다. 일찍 잠자리에 들어도 쉬이 잠이 오지 않았고 육신이 피곤해도 금세 곯아떨어지질 않았다. 눈은 감았어도 정신은 뚜렷했고 졸음은 오는듯하면서도 의식은 분명했다. 자리를 펴고 눕기만 하면 머릿속은 사방에서 달려드는 잡념으로 발 디딜 틈이 없었다. 그것은 나의 의지로 떨쳐 낼 수 있는 성질의 것이 아니었다. 나의 간절한 바람처럼 알아서 떠나야 하는 것이었다.

불면 앞에 할 수 있는 일이라곤 밤새 뒤척이다 괴로움에 몸이 우는 일 밖에 없었다. 그렇게 밤새 뒤척이다 아침에 눈을 뜨면 몸은 천리 길을 걸어온 것처럼 무척이나 고단했다.

하지만 다 지난 일이다. 지금은 깊은 잠에 빠져 가끔 지각까지 할 수 있을 정도니 그저 감개무량할 뿐이다. 언젠가 불면의 괴물이 잠에서 깨어나 또 다시 괴롭힐지라도 난 감사함에 눈을 붙이고 감사함에 눈을 뜨리라.

"잠을 하나님이 주시는 사랑의 증표로 여기며 감사함으로 눕고 감사함으로 깰 수 있으니 감사합니다. 자는 중에도 꿈을 꾸게 하시어서 긴 밤을 지루하지 않게 하시니 또한 감사합니다."

65일

"같이 갑시다"

죄인 된 저를 친구 삼아 늘 동행해 주시니 감사합니다. 친구인
나를 위해 당신의 목숨을 버리기까지 사랑해 주시니 감사합니다.
좋은 남편이란 아내와 함께 걷는 다정한 사람임을 깨닫게 하시니
감사합니다.

"같이 좀 갑시다. 밖에만 나오면 내 빼요!"

내 앞에서 걸어가던 아줌마가 남편에게 한 말이다. 당신에게 떨어져 저만치 걸어가는 남편이 무심해 던진 말이다. 남편과 오붓하게 걷고 싶었을 아내의 심정이 어떠할지 조금은 알 것 같았다.

이 일을 통해 나의 신앙을 점검해 보았다. 내가 예수님보다 삶을 앞서가는 것은 아닌지, 저 멀리 예수님께서 같이 가자고 소리를 치고 있는 것은 아닌지 말이다.

천국으로 가는 길은 혼자 갈 수 있는 편하고 익숙한 길이 아니다. 곳곳에 시험과 유혹이 도사리고 있다. 그 길을 내 멋대로 걷다간 분명 어딘가에서 위험에 빠지거나 길을 잃을 것이다. "빨리 가려면 혼자 가고 멀리 가려면 함께 가라"는 격언처럼 천

국이라는 먼 길은 그 길을 가장 잘 아는 분과 동행하는 것이 상책인 것이다.

길이요, 진리요, 생명이신 예수님만이 그 길을 가는데 가장 좋은 친구일 것이다. 그래서 난 그분과의 동행을 소중히 여기는 찬송가 430장이 참 좋다.

주와 같이 길가는 것 즐거운 일 아닌 가
우리 주님 걸어가신 발자취를 밟겠네
한 걸음 한 걸음 주 예수와 함께
날마다 날마다 우리 걸어가리

"죄인 된 저를 친구 삼아 늘 동행해 주시니 감사합니다. 친구인 나를 위해 당신의 목숨을 버리기까지 사랑해 주시니 감사합니다. 좋은 남편이란 아내와 함께 걷는 다정한 사람임을 깨닫게 하시니 감사합니다."

66일 "누구를 위한 예배인가"

예배란 하나님께 벗어난 시선을 다시금 당신에게로 향하게
하는 것임을 깨닫게 하시니 감사합니다. 이러한 마음으로 삶을
살아간다면 그것이 하나님께서 가장 기뻐하시는 예배임을 확신케
하시니 감사합니다.

수요 예배를 드리는데 설교 말씀이 귀에 들어오지 않았다. 교회 누나가 어딘가에서 나를 지켜보는 것만 같았기 때문이다. 지난주에 누나가 한 말 때문이었다.

"넌 어떻게 된 게 볼 때마다 조냐!"

근래 몸이 고단해서 수요예배에서 몇 번을 졸았는데 그 때마다 누나가 나를 지켜보고 있었다. 3천명이나 수용되는 큰 예배당에서 하필 졸 때마다 누나가 지근거리에 있었던 것이다. 누나가 던진 말에 마음이 불쾌했다. 나의 예배 태도를 전적으로 문제 삼는 것 같았기 때문이다.

생각이 여기까지 도달하자 예배보다 사람이 더 신경 쓰였다. 또 다시 졸게 되면 "조이현은 예배를 드릴 때마다 조는 사

람이다"라는 소문이 날까 싶어 정신을 바짝 차렸다. 딴 짓은 조금도 하지 않고 강대상만 똑바로 쳐다보며 자세를 흩트리지 않았다. 어디선가 나를 지켜보고 있을 지도 모를 누나가 이번엔 제대로(?) 된 나의 모습을 보고 잘못된 인식을 깨끗이 버렸으면 했다.

하지만 그것도 잠시, 행위만 있고 마음은 없는 내 모습을 깨닫고 소스라치듯 놀랐다. 그리고 내 자신에게 이런 질문을 던졌다.

"누구를 위한 예배인가?"

내가 드리는 예배는 더 이상 예배가 아니었다. 허수아비처럼 생명력 없이 모양만 번듯하게 취하고 있을 뿐이었다. 기껏 예배에 참석해서는 하나님이 아닌 사람을 예배하고 있었던 것이다. 사람에 대한 생각으로 가득 찬 내 마음속에 하나님이 들어오실 틈은 조금도 없었다. 이런 나의 마음을 하나님께서 훤히 알고 계실 거라 생각하니 예배당에 앉아 있는 것 자체가 죄스러웠다.

예배가 끝난 후 자리에 남아 회개기도를 드렸다. 앞으로는 예배 중에 하나님만을 의식하며 영혼의 눈을 그분에게만 고정

시키겠노라고, 세상과 나는 간 곳 없이 구속한 주 만 바라보겠노라고...

"예배란 하나님께 벗어난 시선을 다시금 당신에게로 향하게 하는 것임을 깨닫게 하시니 감사합니다. 이러한 마음으로 삶을 살아간다면 그것이 하나님께서 가장 기뻐하시는 예배임을 확신케 하시니 감사합니다."

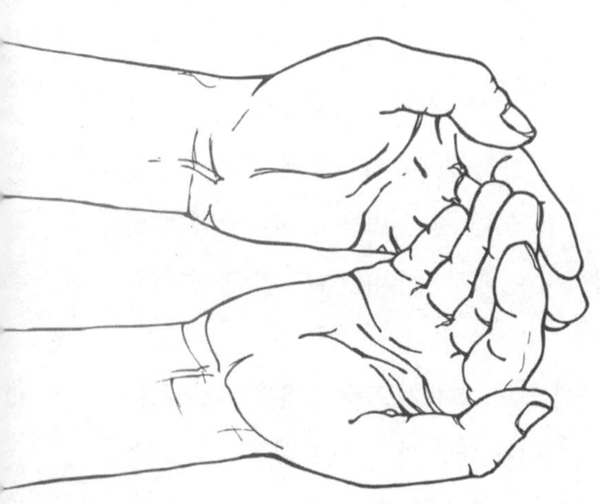

67일

"길게 조금 더 길게"

나의 마음가짐에 따라 기도가 노동이 아닌 즐거움이 될 수 있음을 깨닫게 하시니 감사합니다. '기도란 하나님의 선물을 받아들일 때까지 마음을 넓히는 것이다'라는 테레사 수녀님의 말씀처럼 기도를 통해 매일매일 내 마음이 확장되어 감을 감사합니다.

핸드폰 요금이 전 달 보다 많이 나왔다. 주어진 350분의 음성통화가 초과되어 별도의 요금이 부과 된 것이다. 가장 통화를 많이 한 사람이 누군가 생각해보니 어머니였다. 한 번에 보통 20분, 일주일에 두 번 통화한다는 가정 하에 계산해 봐도 전체 통화량의 반 정도를 어머니에게 사용한 것이다.

그러면서 한편으론 하나님께 죄송한 마음이 들었다. 혼자 사시는 어머니이기에 요금도 통화량도 아까울 것 없지만 하나님께는 그러질 못한 것이다. 어머니와는 시간가는 줄 모르고 20분을 통화하면서 하나님께 20분을 기도하는 것은 결코 쉬운 일이 아니다.

잠시 고민을 해봤다. 하나님과 시간 가는 줄 모르고 오랫동안 기도 할 수 있는 방법을 놓고 말이다. 그래서 어머니와 통화하며 했던 말을 떠올려 봤다. 길었던 시간에 비해 그다지 중요한 얘기는 없었다. 그냥 평범하게 시작해서 평범하게 끝나는 것이 보통이었다. 그러는 중에 성경의 이사야서 말씀이 떠올랐다.

"오너라 우리 허심탄회하게 이야기해 보자"(사 1:18, 현대인의 성경).

해답은 이것이었다. '허심탄회'의 뜻처럼 하나님께도 마음을 비우고 숨김이나 거리낌 없이 이야기를 나누면 되는 것이다. 너무 경직되거나 엄숙한 마음으로 다가서는 것이 아닌 편한 마음으로 나아가 생각나는 대로 솔직히 이야기하면 되는 것이다.

나의 느낌과 생각을 있는 그대로 이야기하고 때론 내가 느끼는 두려움과 누군가를 향한 분노의 마음까지도 정직하게 털어 놓으면 되는 것이다. 어머니에게 사소한 것까지 다 털어 놓는 것처럼 말이다.

그렇게 습관이 되다보면 하나님께 이런저런 할 말도 많거니와 나의 바람처럼 시간가는 줄 모르고 기도할 것이다. 그러다보면 350분의 기도시간이 한 달이 아닌 일주일로도 부족할 것이다.

"나의 마음가짐에 따라 기도가 노동이 아닌 즐거움이 될 수 있음을 깨닫게 하시니 감사합니다. '기도란 하나님의 선물을 받아들일 때까지 마음을 넓히는 것이다'라는 테레사 수녀님의 말씀처럼 기도를 통해 매일매일 내 마음이 확장되어 감을 감사합니다."

68일 "나를 천사로 생각했으면"

섬길 마음만 있다면 언제라도 도움을 줄 수 있다는 것을 경험케 하시니 감사합니다. 내가 누군가에게 도움을 받기보다 도움을 줄 수 있는 처지임을 감사합니다. 죄 많은 인생도 은혜를 입으면 누군가에게 천사로 비쳐줄 수 있음을 감사합니다.

종로 6가에서 버스를 기다리는데 아주머니 한 분이 나에게 쪽지를 보여주며 위치를 물어보았다. 그런데 쓰여 진 글귀의 내용이 모호해서 알 길이 없었다. 말투를 보니 조선족 아주머니였다. 주방에서 일하다가 오후에 시간을 내어 인천 부평에서 여기까지 왔다고 했다.

적지 않은 연세에 힘들어 하는 모습을 보니 안쓰러워 보였다. 도와주어야겠다는 생각에 자초지종을 물어보았다. 그랬더니 핸드폰을 구입한 대리점에 가서 요금을 내야 한다는 것이다. 자동이체 신청을 하면 될 것을 왜 고생을 하느냐고 했더니 그런 방법이 있는 줄 몰랐다고 했다.

핸드폰을 살펴보니 뒷면에 전화번호가 적힌 딱지가 붙어있었다. 전화를 했더니 다행히 아주머니가 찾던 곳이었다. 위치도 그리 멀지 않은 동묘 역이었다. 시간도 여유 있고 해서 아주머니를 모시고 그곳까지 걸어갔다. 이런 저런 이야기를 나누다 교회를 다니라는 말도 건넸다.

목적지에 다 닿아 두 가지를 당부했다. 자동이체를 꼭 신청하라는 것과 또 이곳에 오실 일이 있으면 동묘 역 몇 번 출구로 나오면 된다고 말이다. 그랬더니 아주머니는 연신 머리를 굽히며 고맙다고 했다. 나에게 고마워하지 말고 저를 통해 도움을 주신 하나님께 감사하라고 했다. 그리고는 돌아서는데 아주머니가 나를 부르더니 가방에서 요구르트 두 개를 꺼내 내 손에 쥐어주는 것이다. 그리고 다시 고맙다고 하고는 가게 안으로 들어가셨다.

돌아오는 길에 아주머니를 놓고 기도했다. 오늘 우연히 만난 나를 하나님이 보낸 천사로 생각하여 하나님께 감사한 마음을 갖게 해달라고 말이다. 그리고 그런 하나님을 만나 평생토록 감사하며 행복한 삶을 살게 해달라고 말이다.

"섬길 마음만 있다면 언제라도 도움을 줄 수 있다는 것을 경험케 하시니 감사합니다. 내가 누군가에게 도움을 받기보다 도움을 줄 수 있는 처지임을 감사합니다. 죄 많은 인생도 은혜를 입으면 누군가에게 천사로 비쳐줄 수 있음을 감사합니다."

69일

"범사에 다 때가 있나니"

제가 세상의 허탄한 것에 마음 빼앗기지 아니하고 가장 가치 있는 것에 소망을 두며 살아가게 하시니 감사합니다. 지금의 삶을 살고 있는 것 또한 때를 따라 도우시는 주님의 지난날의 은혜였음을 감사합니다.

지인분과 점심식사를 했다. 그런데 이분이 식사하시다 말고 대뜸 하시는 말씀이 어떻게 해야 나처럼 술을 끊을 수 있느냐는 것이다. 전 날 폭음으로 속이 너무 쓰리다 보니 어떨 결에 그 말이 나온 것이다.

이전에도 다른 분에게 해준 대답이 있어 같은 말을 해주었다. 술보다 더 좋은 것을 찾으면 된다고 말이다. 그 분은 웃으면서 참으로 그럴 듯한 말이라고 했다. 그러면서 하시는 말씀이 남자에게 술보다 더 좋은 것이 세상에 어디 있느냐는 것이다.

그래서 신앙생활을 시작해보라고 권했다. 그 분은 또 한 번 웃으면서 하시는 말씀이 자기 동생도 교회를 다니는데 자기와 별반 차이가 없다는 것이다. 그래서 이렇게 말해 주었다.

"마냥 신앙생활을 하는 것이 중요한 것이 아니라 삶에 얼마

만큼의 우선순위를 두고 신앙생활을 하느냐가 중요하지요. 신앙생활을 제대로 해서 그 안에서 말로 다 할 수 없는 기쁨을 찾게 되면 다른 것들은 사소하게 느껴지거든요. 그러다 보면 형님의 바람처럼 굳이 술을 끊으려고 노력하지 않아도 자연스럽게 술을 멀리 할 수 있을 거예요."

그랬더니 그 분이 하시는 말씀이 그래도 아직은 술이 더 좋다며 다음에 기회 되면 천천히 교회에 나가겠다고 했다. 한편으론 안타까운 마음이 들면서도 더 이상 뭐라고 할 수가 없었다. 내가 그런 사람이었기 때문이다.

한 때 술을 너무 좋아 해서 내 삶에 기쁨을 줄 수 있는 것은 세상에 술 외에는 어떤 것도 없다고 생각했다. 술을 마실 수 없다는 것을 생각만 해도 끔찍할 정도였다. 이 분의 마음이 예전에 내가 품었던 그 마음이었던 것이다. 이런 말로 마무리를 했다.

"억지로 신앙생활 할 수 있나요. 마음에 와 닿고 때가 돼야지요. 대신에 다음에라도 신앙생활하게 되면 지금 술 좋아하는 것처럼 신앙생활도 한 번 열심히 해보세요. 그러면 아까 제가 한 말이 무슨 말인지 아실 거예요."

집으로 돌아오는 길에 그 분을 놓고 기도하는데 전도서의 말씀이 생각났다. "범사에 기한이 있고 천하만사가 다 때가 있나니." 내일 깨달을 것을 앞서 오늘 깨달을 수 있다면 그것이 가장 큰 은혜이지 않나 싶다.

"제가 세상의 허탄한 것에 마음 빼앗기지 아니하고 가장 가치 있는 것에 소망을 두며 살아가게 하시니 감사합니다. 지금의 삶을 살고 있는 것 또한 때를 따라 도우시는 주님의 지난날의 은혜였음을 감사합니다."

70일

"오직 감사만이"

감사만이 행복한 삶을 살 수 있는 유일한 방법임을 깨닫게 하시니 감사합니다. 감사만이 불행의 먹구름을 걷어내고 행복의 햇살을 비추게 하는 축복의 원천임을 경험케 하시니 감사합니다. 그리고 여전도사님의 지극한 헌신을 통하여 삶에서 아파하는 많은 성도들을 위로해 주시니 감사합니다.

아침에 여전사도님을 위해 기도하는데 눈물이 흘렀다. 근래 발병한 십이지장암 때문이었다. 주변에서 암으로 고생하시는 분들을 많이 봐온지라 당신의 심정이 어떠할지를 생각하니 가슴이 먹먹했다. 더욱이 전도사님에게 많은 사랑을 빚진 나이기에 달리 도움을 줄 수 없다는 것이 너무도 죄송했다.

그러면서 1년 전의 일이 떠올랐다. 다시 돌이켜봐도 너무도 힘든 시간이었다. 마음에서 부정적인 생각이 떠나지 않았고 입술에선 불평불만이 그치질 않았다. 삶을 아무리 좋게 생각하려 해도 무엇 하나 감사한 것이 없었다. 기쁨 없이 살아가는 하루하루가 커다란 고통이었다.

그 즈음 전도사님이 나에게 한 달 동안 교회에서 예배를 드리자는 제안을 해왔다. 망설임 끝에 그렇게 하겠다고 하고는 다음 날부터 구역의 몇몇 사람들과 함께 모였다. 자정의 늦은 시간이었지만 우린 하나님을 뜨겁게 예배했다. 찬양하고 말씀 듣고 기도하는 두 시간이 그리 길게 느껴지지 않았다.

그러던 어느 날부터 마음에 감사가 샘솟기 시작했다. 건강한 몸으로 예배드릴 수 있다는 것이 감사했다. 나의 영적인 회복을 돕기 위해 함께하는 분들이 있다는 것이 감사했다.

그렇게 부정적인 생각들이 하나 둘 떠나고 불평불만이 그치자 삶에 무엇 하나 감사하지 않은 것이 없었다. 예배를 통해 발화된 감사의 작은 불씨는 들불 번지듯 삶 전체로 퍼져 나갔다. 그렇게 감사가 회복되면서 나의 삶도 다시금 회복되었다.

오후에 전도사님을 위로하고 싶은 마음에 전화를 드렸다. 이런저런 이야기를 나누다 혹시 현실이 원망스럽게 느껴지지 않는지 물었다. 그랬더니 뜻밖의 대답이 돌아왔다. 이번 일을 계기로 이전과 다른 마음으로 사역을 하게 되었다는 것이다.

이제는 고통으로 신음하는 성도들의 삶을 가슴으로 헤아릴 수 있다 보니 진심어린 마음으로 그들에게 다가서게 된다는 것이다. 그들과 함께 삶을 나누고 함께 마음 아파하다보니 성도들도 전도사님의 말 한마디에 크나큰 위로와 격려를 받는다고 한다. 그리고는 욥기서의 말씀을 인용하며 "주신 이도 여호와시요

거두신 이도 여호와시오니 여호와의 이름이 찬송을 받을 지어다"라며 하나님을 높이는 것이다.

미장원에서 머리를 손질하다 들려오는 전도사님의 낭랑한 목소리에 위로의 전화를 건넨 내가 괜히 멀쑥해졌다.

"감사만이 행복한 삶을 살 수 있는 유일한 방법임을 깨닫게 하시니 감사합니다. 감사만이 불행의 먹구름을 걷어내고 행복의 햇살을 비추게 하는 축복의 원천임을 경험케 하시니 감사합니다. 그리고 여전도사님의 지극한 헌신을 통하여 삶에서 아파하는 많은 성도들을 위로해 주시니 감사합니다."

71일

"나의 아버지셨으면"

누군가의 말처럼 '기독교는 우리가 천국을 향해 어렵고 힘들게 가야 하는 종교가 아니라 하나님이 우리를 향해 오신 종교'이어서 감사합니다. 영접하는 자 곧 그 이름을 믿는 자들에게는 하나님의 자녀가 되는 특권을 주셨기에 감사합니다.

금요기도회에서 장로님이 눈물 흘리시는 모습을 보고는 나의 아버지셨으면 하는 마음이 들었다. 장로님이 아버지처럼 머리가 백발이어서 느껴지는 친근함만은 아니었다. 예수님을 영접하지 않고 돌아가신 아버지에 대한 안타까움에서였다.

간암 말기 판정을 받으신 아버지는 병상 가운데서도 내가 전한 복음을 끝내 받아들이지 않으셨다. 아버지는 운명의 순간에도 삶을 체념하신 듯 했다. 속절없는 시간이 당신의 영혼을 거두어 줄 것처럼 말이다. 그 모습을 지켜보던 나는 안타까운 마음으로 발만 동동 구를 뿐이었다.

"하나님 정말 살아계시는데..."
"예수님 영접하시면 정말 천국 가시는데..."

나의 나지막한 외침은 아버지의 거친 숨소리에 묻혀버렸다.

아버지는 그렇게 복음을 등지고 외로이 떠나가셨다. 그래서 예배를 드리시는 어르신들만 보면 그렇게 부러울 수가 없다. 마음 속에 많은 생각이 떠오른다.

'아버지가 예수님을 믿으셨으면 부자지간에 같이 예배를 드렸을 텐데.'

'아버지가 예수님을 믿으셨으면 아들인 나를 위해 기도해 주셨을 텐데.'

'아버지가 예수님을 믿으셨으면 사시는 동안 더 행복하셨을 텐데.'

아무리 생각해봤자 소용없다는 것을 알면서도 어르신들만 보면 문득문득 돌아가신 아버지가 떠오른다. 어차피 돌이킬 수 없는 일, 아버지의 영혼은 하나님의 긍휼하심에 맡기고 어머니를 위해 더 열심히 기도하고 전도해야겠다.

"누군가의 말처럼 '기독교는 우리가 천국을 향해 어렵고 힘들게 가야 하는 종교가 아니라 하나님이 우리를 향해 오신 종교'이어서 감사합니다. 영접하는 자 곧 그 이름을 믿는 자들에게는 하나님의 자녀가 되는 특권을 주셨기에 감사합니다."

72일

"글쓰기는 나의 운명"

창작에 대한 열정과 귀한 재능을 주셔서 감사합니다. 종일 글을 써도 타박하지 않는 듬직한 엉덩이를 주셔서 감사합니다. 지금 쓰고 있는 글이 훗날 한 권의 책이 되어 누군가의 마음에 살이 되고 뼈가 될 것을 믿기에 감사합니다.

그 동안 준비해 왔던 영업을 미련 없이 정리했다. 들어간 비용을 계산해 보았다. 명함 2만원, 고급편지지와 봉투 2만 8천원, 홍보용 전단지 3만 5천원, 영업용 가방 4만원, 물품구입 12만원, 그리고 준비하는데 소요된 많은 시간과 노동력.

나의 형편을 놓고 보았을 때 분명 적지 않은 출혈이다. 하지만 조금도 후회가 들지 않는다. 내가 정말 하고 싶은 것이 무엇인지를 깨달았기 때문이다. 그것이 하나님이 내게 주신 비전이고 재능임을 확신했기 때문이다.

난 글을 쓸 때가 가장 좋다. 집필에 몰두되어 글과 혼연일체가 되다보면 시간가는 줄 모른다. 작가 나탈리 골드버그의 말처럼 어느 순간에 보면 글을 쓰는 사람도 없고 종이도 없고 펜도 없고 생각도 없이 모든 것은 사라지고 오직 글 쓰는 행위만이 글을 쓰고 있다.

체력과 여건만 허락되면 수면을 취하지 않고도 무박 3일이라도 글을 쓸 수 있다. 아니 평생을 그렇게 쓰라고 해도 쓸 수 있을 것이다. 글쓰기는 나의 가장 큰 즐거움이기 때문이다.

남아 있는 돈을 아껴 쓰며 집필 중이던 원고를 이 달 중으로 마무리 해야겠다. 직장을 들어갈지 또 한 권의 책을 쓸지는 그때 가서 결과를 보고 판단해도 늦지 않을 것 같다.

나뒹구는 영업 물품을 정리하고 마음속에 품고 있던 생각을 문구로 작성하여 벽에 붙여 놓았다. 그 꿈이 훗날 이루어질 것을 생각하니 마음이 너무도 행복했다.

"나 조이현은 독자들에게 커다란 감동과 만족을 주는 위대한 작가이다."

"창작에 대한 열정과 귀한 재능을 주셔서 감사합니다. 종일 글을 써도 타박하지 않는 듬직한 엉덩이를 주셔서 감사합니다. 지금 쓰고 있는 글이 훗날 한 권의 책이 되어 누군가의 마음에 살이 되고 뼈가 될 것을 믿기에 감사합니다."

73일

"호날두, 발톱을 감추다"

축구스타 호날두를 통하여 진정한 겸손이 무엇인지를 가르쳐
주시니 감사합니다. 나의 마음 또한 더없이 겸손하여 둥근 축구공처럼
모난 구석이 없어야함을 깨닫게 하시니 감사합니다.

"지금까지 내가 골을 넣은 것은 모두 동료들 덕분이다."

호날두가 한 시즌 최단기간 30골이라는 대기록을 수립하고 나서 인터뷰한 소감이다. 기사를 읽고는 그가 더 멋있어 보였다. 그에게서 대스타다운 면모를 발견할 수 있었기 때문이다.

그는 '세계적인'이라는 수식어가 따라 다니는 최고의 축구선수다. 그가 그라운드에 남긴 족적은 너무도 화려하다. 그런 그가 자신보다 남을 더 낫게 여기는 겸손의 말을 한 것이다. "재능 있는 매는 발톱을 감춘다"더니 호날두가 그런 사람이었다. 내가 그의 입장이라면 은근히 발톱을 드러내고 이렇게 말하지 않았을까 싶다.

"사실 오늘이 있기까지 과정이 순탄치 않았습니다. 하지만

저에게는 가슴에 새겨둔 분명한 목표가 있었습니다. 최단 기간 30골이라는 대기록입니다. 그러기에 전 모든 어려움을 보란 듯이 이겨내고 전무후무한 기록을 달성할 수 있었습니다. 앞으로 더 많은 골로 팬들의 성원에 보답하도록 하겠습니다.”

호날두가 나처럼 인터뷰를 했다고 해도 문제될 것은 없을 것이다. 하지만 사람들에게 더 많은 사랑을 받지는 못할 것 같다. 나 같이 교만한 축구팬도 겸손치 못한 선수는 그다지 좋아하지 않기 때문이다.

“축구스타 호날두를 통하여 진정한 겸손이 무엇인지를 가르쳐 주시니 감사합니다. 나의 마음 또한 더없이 겸손하여 둥근 축구공처럼 모난 구석이 없어야함을 깨닫게 하시니 감사합니다.”

74일 "무심코 내 뱉은 말도"

이번 일을 통해 남아일언중천금(南兒一言重千金)의 깊은 뜻을 헤아리게 하시니 감사합니다. 삶에선 일구이언(一口二言)의 사람이기보다 유구무언(有口無言)의 사람이 더 나음을 깨닫게 하시니 감사합니다. 무책임한 말을 너그러이 이해해 준 속 깊은 형에게 감사합니다.

아는 형으로부터 전화가 왔다. 다짜고짜 하룻밤 묵어도 되느냐는 것이다. 나와 저녁도 같이 먹고 함께 이야기를 나누고 싶다고 했다. 목소리에 힘이 없는 것이 아무래도 힘든 일이 있는 것 같았다. 귀찮은 마음에 집에 이불도 부족하고 우풍도 있다며 다음에 들르라고 했다.

그런데 전화를 끊고 나서 지난번 형에게 하룻밤 묵으라고 했던 말이 생각났다. 순간 얼굴이 화끈했다. 형에게 크게 결례를 범한 것이다. 그러고 보니 요즘 책임지지 못할 말을 자주 하고 있다.

"다음에 시간되면 같이 밥이나 먹자."
"다음에 얼굴 보면서 차나 한 잔 마시자."

내가 무심코 내 뱉은 말도 누군가는 마음에 두고 있는 것이다. 내가 마음 없이 하는 말도 누군가는 약속으로 받아들이는 것이다. 저마다 살아가는 방식과 품고 있는 생각이 나와 같지 않은 것이다.

그러면서 약속을 지키지 못하는 친구에겐 매번 핀잔을 준다. “나 정도나 되니까 너를 이해하지, 다른 사람 같으면 벌써 관계 끝났을 거다” 라며 말이다.

그런 내 모습이 오늘따라 더 우스워 보인다. 남의 눈 속에 티는 보면서 정작 내 눈 속의 들보는 보지 못하고 있으니 말이다. 이러다가 친구보다 먼저 사람들과의 관계가 끝나버릴지도 모를 일이다. 이제 다른 방법은 없다. 형식적인 말로 빌미를 제공하지 않거나 한 번 내뱉은 말은 목숨처럼 지켜야 한다.

“이번 일을 통해 남아일언중천금(男兒一言重千金)의 깊은 뜻을 헤아리게 하시니 감사합니다. 삶에선 일구이언(一口二言)의 사람이기보다 유구무언(有口無言)의 사람이 더 나음을 깨닫게 하시니 감사합니다. 무책임한 말을 너그러이 이해해 준 속 깊은 형에게 감사합니다.”

75일

"네게 무엇을 줄꼬"

늘 하나님 마음을 아프게 하는 영적 철부지인 내가 삶에서 가장 중요한 미덕이 무엇인지 알고 그것을 구한다는 것이 감사합니다. 가진 것도 모아 놓은 것도 없는 나이지만 내안에 금보다 귀한 하나님의 사랑을 소유하고 있음을 감사합니다.

"기브온에서 밤에 여호와께서 솔로몬의 꿈에 나타나시니라 하나님이 이르시되 내가 네게 무엇을 줄꼬 너는 구하라"(왕상 3:5).

이 구절을 읽다 하나님께서 내게 동일한 말씀을 하신다면 과연 무엇을 구할지를 생각해 보았다. 고민 끝에 내린 결정은 '겸손'이었다. 내가 누구보다 교만한 사람임을 잘 알아서이기도 하지만 아무리 생각해봐도 겸손보다 더 귀한 것은 없는 것 같다.

기껏 하나님께 쓰임 받고도 마음이 교만하여 하나님을 멀리한다면 결국은 아무것도 아니기 때문이다. 세상을 변화시킬 위대한 일을 하고도 교만해져서 하나님을 떠난다면 이 또한 아무것도 아닌 것이다. 그토록 겸손했던 솔로몬이 위대한 업적을 쌓고도 말년에 교만하여 그 마음이 하나님으로부터 멀어진 것을 알기에 더욱 그러한 지도 모르겠다.

솔로몬이 누린 부귀영화도, 막강한 권력도 좋지만 가난한 삶을 살지라도 하나님을 내 삶의 주인으로 여기며 그 안에서 살아가는 겸손한 사람이고 싶다. 그래서 하나님의 축복도 내가 감당할 수 있는 겸손함의 분량만큼만 달라고 기도한다. 아굴의 기도처럼 "내가 배불러서 하나님을 모른다. 여호와가 누구냐" 라고 말할까 두렵기 때문이다.

"늘 하나님 마음을 아프게 하는 영적 철부지인 내가 삶에서 가장 중요한 미덕이 무엇인지 알고 그것을 구한다는 것이 감사합니다. 가진 것도 모아 놓은 것도 없는 나이지만 내안에 금보다 귀한 하나님의 사랑을 소유하고 있음을 감사합니다."

76일

"기술보다 정신"

당구를 통하여 정신의 중요성을 알게 해주시니 감사합니다.
제대로 된 정신만으로도 나의 삶이 달라질 수 있음을 깨닫게 해주시니
감사합니다.

당구에도 갖춰야할 4대 덕목이 있다고 한다.

다마같이 둥근 마음
다이같이 넓은 마음
큐대같이 곧은 마음
초크의 희생정신

참으로 지당한 말이다. 올바른 정신을 가지는 것이 기술을 배우는 것보다 더 중요하다는 뜻일 것이다. 예전에 그토록 당구를 치면서 좀체 기술이 나아지지 않았던 것도 그래서였는지도 모르겠다.

신앙도 마찬가지인 것 같다. 성경을 많이 읽는 것도 중요하지만 읽을 때 어떤 마음가짐으로 읽느냐가 중요할 것이다. 기도

를 많이 하는 것도 중요하지만 어떤 마음가짐으로 하나님께 나아가느냐가 중요할 것이다. 삶의 모든 영역이 올바른 정신에 기초해야하는 것이다.

하긴 정신이 올 바르지 않다면 그 행위와 결과 또한 온전치 않을 것 같다. 성경말씀처럼 좋은 나무가 나쁜 열매를 맺을 수 없고 못된 나무가 아름다운 열매를 맺을 수 없기 때문이다. 올바른 정신과 올바른 행위가 일치할 때만이 선한 결과를 얻을 것이다. 그리고 그것이야말로 참된 믿음의 표상이 아닐까 싶다.

"당구를 통하여 정신의 중요성을 알게 해주시니 감사합니다. 제대로 된 정신만으로도 나의 삶이 달라질 수 있음을 깨닫게 해주시니 감사합니다."

77일

"기도로 찾은 반지"

이 땅 곳곳에서 일어나는 주의 놀라운 일들이 간증을 통하여
만인의 귀에 들리게 하시니 감사합니다. 주께서 행하신 은밀한 일들이
입술의 증거가 되어 내게도 동일한 은혜를 허락하시니 감사합니다.

새신자 형에게 간증을 들었다. 신앙생활을 시작한 것이 얼마나 기쁜지 할 말도 많거니와 나눌 은혜도 많은 형이다. 물 붓듯 부어주시는 하나님의 은혜를 주체할 수 없는 형이 오늘 꺼낸 이야기는 반지에 관한 것이었다.

대리운전을 하는 형이 그날은 서현역 먹자골목에서 대기하고 있었다. 그런데 저만치에서 젊은 남녀가 말다툼을 하며 뭔가를 열심히 찾고 있는 것이다. 형이 가까이 가서 보니 여자는 울고 있었고 남자는 시무룩한 표정으로 서 있었다. 형이 남자에게 무얼 찾느냐고 물었더니 싸우다 홧김에 던진 두 개의 금반지를 찾고 있는 중이라고 했다. 남자는 그 말을 하고는 자신이 성미를 못 참은 것이 후회가 된다고 했다. 착한 형은 반지를 너무도 찾아주고 싶은 마음에 하나님께 기도를 드렸다.

"하나님, 두 사람이 잃어버린 반지 제가 꼭 찾아주고 싶습니다. 부디 도와주세요."

기도를 마친 형은 그들과 함께 어딘가에 있을 반지를 찾기 시작했다. 그리고 놀랍게도 얼마 되지 않아 두 개의 반지를 찾았다. 젊은 남녀가 한참을 찾지 못한 반지였다. 한 개는 차에 밟혀 살짝 찌그러져 있었고 한 개는 틈 사이에 꽂혀 있었다.

그런데 신기한 것은 두 개의 반지가 그들이 찾고 있던 곳의 범위를 벗어나지 않았다는 것이다. 하나님께서 이 일을 위해 두 사람의 눈은 어둡게 하시고 형의 눈은 밝게 하신 것이다. 형은 마음속으로 다시 한 번 하나님께 감사 기도를 드렸다. 그리고 동생 같은 젊은 남녀에게 담대하게 이렇게 말했다.

"이 반지는 제가 찾아준 준 게 아니라 하나님이 찾아 주신 거예요. 두 사람은 하나님이 맺어준 인연이니까 헤어지지 말고 행복하게 잘 살아요."

형의 말에 젊은 남녀는 눈물을 펑펑 흘렸다. 그러면서 "서로 헤어지려고 했는데 이제는 못 헤어지겠어요"라고 하며 몇 번이고 고개를 숙이고 고마워했다고 한다.

"이 땅 곳곳에서 일어나는 주의 놀라운 일들이 간증을 통하여 만인의 귀에 들리게 하시니 감사합니다. 주께서 행하신 은밀한 일들이 입술의 증거가 되어 내게도 동일한 은혜를 허락하시니 감사합니다."

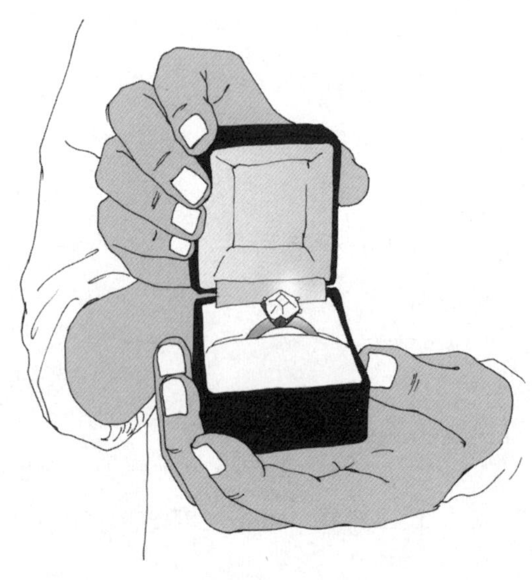

78일

"척보면 앱니다"

그런 당신께서 사랑하는 나의 하나님 되심을 감사합니다. 눈치 빠른 아줌마를 통하여 하나님의 풍성하신 사랑을 다시금 생각하게 하시니 감사합니다.

껌을 사려고 슈퍼에 들렀다. 있는 곳을 몰라 두리번거리자 주인아줌마가 손을 가리키며 "앞에 있잖아요"하는 것이다. 하도 신기해서 찾는 것이 껌인지를 어떻게 알았냐고 물었다. 주인아주머니는 대답 대신 그냥 씩 웃으셨다. 순간 오래전의 유행어가 떠올랐다.

"척보면 앱니다."

껌을 씹으며 걸어가는 길에 내가 말을 하지 않아도 나의 필요를 아시는 한 분이 떠올랐다. 그분께서 나를 안다는 것은 장사를 통해 길들여진 주인아주머니의 눈치와는 사뭇 다른 것이다. 육안으로 비춰지는 상황을 통해 짐작하는 것과는 차원이 다른 것이다.

그분께서는 나에게 있어야 할 것이 무엇인지를 이미 알고 계신다. 그러기에 구한 것을 주신 것보다 구하지 않았음에도 주신 것이 더 많았다. 늘 마실 수 있는 물과 호흡할 수 있는 공기가 그렇고 굶주리지 않고 먹을 수 있는 양식과 철마다 갈아입을 수 있는 옷이 그랬다. 어디 이것뿐인가, 나의 부족함을 잘 아시기에 재촉하시기보다 묵묵히 기다려주셨고 나의 연약함을 잘 아시기에 넘어질 때마다 한 결 같이 손 내밀어 주셨다.

그분께서는 오늘 있다가 내일 아궁이에 던져지는 들풀도 입히신다고 했다. 하물며 당신의 형상으로 지으시고 나를 누구보다 잘 아시는 그분께서 친히 돌보시는 것은 당연한 일인지도 모르겠다.

"그런 당신께서 사랑하는 나의 하나님 되심을 감사합니다. 눈치 빠른 아줌마를 통하여 하나님의 풍성하신 사랑을 다시금 생각하게 하시니 감사합니다."

79일

"착각을 멈춰라"

착각을 통해서도 깨달음을 주시고 삶을 돌아보게 하시니 감사합니다. 착각하든지 안 하든지 지금의 삶이 나의 행위와 상관없는 전적인 하나님의 은혜임을 감사합니다. 교만의 불씨가 영혼에 화상을 입히기 전에 서둘러 진화해 주시니 감사합니다.

문밖을 나서는데 좀체 한기를 느낄 수 없었다. 변덕스런 날씨 때문인지 아니면, 누군가가 춥다고 하소연해 하나님이 잠시 추위를 거뒀는지 모를 일이다. 나로선 상승한 기온에 살결이 흡족하니 그것으로 되었다.

그 상황가운데 내가 모르는 뭔가가 있음을 깨달은 것은 저녁 무렵이었다. 퇴근 후 집의 계단을 오르는데 문득 입고 있던 내복이 떠오른 것이다. 몸이 부실하여 겨우내 믿고 의지해온(?) 내복이었다. 그런 고마운 내복이건만 난 그것을 감춰진 의상으로 생각할 뿐 정작 기능을 잊다보니 몸의 포근함이 내복의 은택인줄 몰랐던 것이다.

하나님의 은혜가 이와 같다는 생각을 해보았다. 몹시 우둔하여 은혜를 깨닫지 못할 때가 허다하지만 하나님은 내가 느끼는 감정과 상관없이 은혜를 베푸셨다. 다만 문제는 그 은혜의 원천이 내 자신의 경건함에서 비롯된 것으로 착각할 때가 종종 있다는 것이다.

이를테면 성경을 틈틈이 읽고 습관처럼 기도하고 기꺼이 헌금 드리는 것을 하나님의 은혜 가운데 살 수 있는 일체의 비결로 생각했으니 말이다. 심지어는 은혜를 내가 받을 마땅한 분깃으로 여기며 당연시할 때도 있었으니 티끌만한 양심이 남아 있다면 하늘을 향해 얼굴을 붉힐 노릇이다.

은혜란 감히 받을 수 없는 자에게 후히 주어진 하나님의 선물이다. 일한 대가로 삯을 받은 것이 아니라 일하지 않고 받은 삯인 것이다. 그것을 잘난 내 덕에 누리고 있다며 으스대며 살아온 것이다.

이는 마음의 교만함이 지핀 무서운 불씨임에 틀림없다. 큰 불도 시작은 작은 불씨에서 비롯되는 것이니, 그것이 훗날 불길이 되어 영혼을 사르기 전에 속히 착각에서 벗어나야 할 것이다.

거만한 자를 비웃으시고 겸손한 자에게 은혜를 베푸시는 하나님 앞에 마음의 허리를 동이고 근신하여 예수 그리스도께서 나타나실 때에 가져다주실 은혜를 온전히 바라며 살아야 할 것이다. 나아가 내 삶의 궤도를 돌고 있는 것이 하나님의 은혜인지 나의 의로움인지 주의 깊게 살펴야 할 것이다.

은혜로 낙을 삼고 그 축복아래 사는 것도 복된 일이지만 받은 은혜를 변질시키지 않는 겸손한 인간이어야겠다.

“착각을 통해서도 깨달음을 주시고 삶을 돌아보게 하시니 감사합니다. 착각하든지 안 하든지 지금의 삶이 나의 행위와 상관없는 전적인 하나님의 은혜임을 감사합니다. 교만의 불씨가 영혼에 화상을 입히기 전에 서둘러 진화해 주시니 감사합니다.

80일

"몹시"

말씀을 통해 교훈주시고 상황을 통해 깨달음 주시니
감사합니다. 영혼의 눈으로 내면을 보게 하시고 육의 눈으로 사물을
보게 하시니 감사합니다. 보는 것을 믿는 것이 아니라, 믿는 것을 볼
수 있는 믿음의 눈을 주셨기에 감사합니다.

"예수께서 가버나움에 들어가시니 한 백부장이 나아와 간구하여 이르되 주여 내 하인이 중풍 병으로 집에 누워 몹시 괴로워하나이다"(마 8:5,6).

이 구절을 읽다가 '몹시'라는 단어가 마음에 '몹시'와 닿았다. 당시 유대를 지배하고 있던 로마의 백부장이라면 그 권세가 대단했을 것이다. 그 쯤 되면 자기 부하를 시켜 예수님을 부를 수도 있었을 것이다. 하지만 백부장은 그렇게 하지 않았다.

당시의 사회적 통념상 소유물에 불과했던 종을 위해 나름의 소원을 가지고 예수님께 직접 나아온 것이다. 이미 소문을 들어 예수님이 어떠한 분이신지를 알고 왔겠지만 그보다 백부장에게는 종이 아픈 것이 견디기 힘든 일이었을 것이다. '몹시'라는 짧

막한 단어에서 그가 중풍 병으로 고통당하는 자기 하인을 얼마나 불쌍히 여기는지 느껴지는 것만 같다.

예수님은 그 자리에서 말씀만 하시면 낫을 것이라는 백부장의 믿음만큼이나 하인을 자기 몸같이 사랑하는 그의 마음에도 '몹시' 놀라셨을 것이다. 백부장의 마음이 이러할 진데 예수님께서 그의 어떤 간청인들 들어주지 못 하시겠는가!

종을 위해 만사를 제쳐 두고 예수님께 나아온 백부장이라면 평소에도 그 마음이 다르지 않았을 것 같다. 하인이 중풍 병 걸린 날부터 일손을 놓게 했을 것이고 다른 종들을 시켜 그를 돌보게 했을 것이다. 조석으로 하인의 몸 상태를 점검했을 것이고 효험 있는 약재를 구해다가 정성으로 달여 먹였을 것이다. 하인만 나을 수 있다면 자신의 품위는 바람에 날려버릴 하찮은 것이었으리라.

중풍 병 걸린 하인 또한 이런 주인의 마음을 잘 알고 있었을 것이다. 그 동안 사람 대접받지 못하고 살아온 그였기에 주인이 자기를 귀하게 여겨주는 것이 '몹시' 고마웠을 것이다.

그는 주인이 베푼 은혜에 감격하여 밤마다 침상을 적시고 남모르게 눈물을 쏟았을 것이다. 평생 종으로 살더라도 한이 되지 않았을 것이고 주인집에 뼈를 묻더라도 여한이 없었을 것이다. 그는 마음속에 늘 이런 생각을 품고 있었을 것 같다.

'하루 빨리 나아서 우리 주인님을 섬겨야지.'

근래 백부장의 마음을 가진 사람을 본 적이 있다. 며칠 전 집 근처에서 산책을 하는데 아줌마가 유모차에 개를 태우고는 반대편에서 오는 것이다. 아기가 타고 있어야할 유모차에 개가 타고 있는 것이 의아해서 주목하여 보는데 개의 눈이 이상한 것이었다. 자세히 보니 한 쪽 눈이 심하게 튀어 나온 것이다. 왜 그러냐고 물으니 녹내장이라고 했다. 그러고는 개를 쓰다듬으며 하시는 말이 "개가 불쌍해서요"하는 것이다.

요즘은 개를 반려동물로 여겨 함께 평생을 사는 세상이라지만 이러한 마음을 갖는다는 것은 결코 쉬운 일이 아닐 것이다. 또한 아무나 할 수 있는 일도 아닐 것이다. 이는 어떠한 대상을 '몹시' 귀하게 여길 줄 알아야 만이 가능한 일일 것이다. '몹시'라는 애절함이 있을 때만이 아픈 자에게 심정이 동하고 괴로워하는 자에게 마음을 쓸 수 있는 것이다.

불쌍히 여긴다는 것은 그냥 느끼는 감정이고 긍휼이 여긴다는 것은 그런 감정을 넘어 실제로 행동을 취하는 일이다. 중풍 병에 걸린 하인을 대하는 백부장의 마음이, 녹내장 걸린 개를 돌보는 아주머니의 마음이 그러할 것이다.

"말씀을 통해 교훈주시고 상황을 통해 깨달음 주시니 감사합니다. 영혼의 눈으로 내면을 보게 하시고 육의 눈으로 사물을 보게 하시니 감사합니다. 보는 것을 믿는 것이 아니라, 믿는 것을 볼 수 있는 믿음의 눈을 주셨기에 감사합니다."

81일 "긁히기만 한 것도 감사"

차량이 찌그러지지 않고 긁히기만 한 것이 감사합니다. 사고를 숨기지 않고 양심적으로 행동한 것이 감사합니다. 그리고 무슨 일을 하던 하나님께서 보고 계신다는 것을 의식하며 두려운 마음으로 살아가게 하시니 감사합니다.

주일 차량봉사를 하는 날이어서 평소보다 일찍 눈을 떴다. 사과 반쪽으로 끼니를 대신하고 교회로 향했다. 운전석에 앉자마자 습관처럼 기도했다. 섬길 수 있는 재능과 건강을 주신 것을 감사하고 섬김을 받는 것이 아닌 섬길 수 있음을 감사했다.

추운 날씨에 나를 기다릴 성도들을 생각하며 전철역으로 향했다. 그런데 어찌된 일인지 권사님 한 분만 승강장에 서 계시는 것이다. 아침밥도 굶고 서둘러 왔는데 이게 웬일인가 싶었다. 권사님 몸이 불편하여 마냥 기다릴 순 없어 곧장 교회로 향했다.

도착해서는 정차할 공간이 좁아 차를 최대한 안쪽으로 붙여 세웠다. 백미러로 보니 주차된 차량에 대일 듯 말 듯 아슬아슬할 정도였다. 권사님을 내려 드리고 다시 출발하려는데 찜찜한 마음이 들었다. 설마 하고는 차에서 내려 주차된 차량을 확인하는데 아뿔싸! 차량 앞쪽이 긁힌 것이다. 피해차량은 폭스바겐이라는 외제 차였다. 수리비 생각에 가슴이 마구 뛰었다. 조심성 없는 내 자신과 주차된 차량이 한 없이 원망스러웠다. 마냥 지체 할 수 없어 차량에 메모를 남겨 놓고 다시 목적지로 향했다. 더 이상 운전할 맛이 나지 않았다.

역에 도착하여 차량 담당자에게 전화를 걸어 자초지종을 설명했다. 한 소리 들을 생각에 마음을 단단히 먹었다. 그런데 보험처리하면 된다며 조금도 걱정 말라는 것이다. 게다가 봉사 끝나고 나서는 피해 차량이 무리하게 주차를 해서 발생한 일이라며 내 편까지 들어주었다. 내가 이 일로 혹여 시험 들지 않을까 싶어 더욱 그랬던 것 같다. 고마우신 집사님 덕분에 하루 종일 마음이 따뜻했다.

"차량이 찌그러지지 않고 긁히기만 한 것이 감사합니다. 사고를 숨기지 않고 양심적으로 행동한 것이 감사합니다. 그리고 무슨 일을 하던 하나님께서 보고 계신다는 것을 의식하며 두려운 마음으로 살아가게 하시니 감사합니다."

82일 "어머니가 보내 준 용돈"

어머니가 자식들에게 손을 벌려야 할 어려운 처지가 아닌 것이 감사합니다. 어머니가 돈 때문에 추운 겨울 한데에서 일하지 않는 것이 감사합니다. 어머니가 나름의 여유가 있으셔서 아들에게 용돈을 주신 것이 감사합니다. 잔소리 많은 이 아들을 삶에서 잊지 않으시고 늘 당신보다 귀히 여겨주시는 것이 감사합니다.

"문자 왔숑!"

밥을 먹고 있는 중에 핸드폰에 입금문자가 떴다. 100만원이나 되는 큰돈이었다. 시골에 계신 어머니가 보낸 돈이었다. 며칠 전 어머니와 통화하면서 직장을 알아보고 있다고 했는데 실업자가 된 아들이 끼니는 굶지 않을까 걱정이 되셨나보다.

그런데 생각지 못한 목돈에 기분이 좋기보다는 화가 치밀었다. 신실하지 못한(?) 하나님 때문이었다. 몇 주 전부터 재정을 놓고 기도했는데 하필 어머니의 주머니를 털어서(?) 채워 주신 것이 너무도 못마땅했다. 어머니의 넉넉지 못한 형편을 분명 하나님도 아실 것이기에 도무지 상황을 좋게 여길 수 없었다.

믿는 도끼에 발등을 찍힌 참담한 기분이었다. 종일 하나님께 얼굴을 붉히며 말없이 불만을 토로했다. 하나님의 생각은 나와 다르다는 것을 알면서도 지금의 상황을 도무지 좋게 여길 수 없었다.

이불을 펴고 자리에 누워 있는데 하나님께 죄송한 마음이 들었다. 말로는 하나님을 신뢰한다고 하면서도 늘 그러지 못하는 나이기에 어느 때보다 죄송함이 컸다. 회개기도를 하고 나서 오늘 일을 놓고 하나님께 감사 기도를 드렸다. 그러자 놀랍게도 어머니에 대한 감사가 내 입술에서 계속해서 흘러나왔다.

"어머니가 자식들에게 손을 벌려야 할 어려운 처지가 아닌 것이 감사합니다. 어머니가 돈 때문에 추운 겨울 한데에서 일하지 않는 것이 감사합니다. 어머니가 나름의 여유가 있으셔서 아들에게 용돈을 주신 것이 감사합니다. 잔소리 많은 이 아들을 삶에서 잊지 않으시고 늘 당신보다 귀히 여겨주시는 것이 감사합니다.

83일

"나의 사랑하는 책"

성경이라는 영혼의 양식으로 나의 정신을 살찌우고 기름지게
하시니 감사합니다. 말씀으로 사고의 황폐함에서 벗어나게 하시고
페이지마다 넘쳐나는 한량없는 은혜를 부어주시니 감사합니다.
믿음으로 취한 한 줌의 언어가 지면에 심겨져 언젠가 싹이 나고 열매가
무성하여 세상을 글로서 풍요롭게 할 것임을 믿기에 감사합니다.

원고를 쓰다가 성경이 있다는 것이 너무도 감사했다. 그리고 성경을 적극 활용하며 창작활동을 할 수 있다는 것이 감사했다. 성경은 문학적인 측면에서도 최고의 책이기 때문이다. A.T. 피어선의 말처럼 "성경은 최고의 교훈적인 역사와 전기, 빼어난 시, 최대의 극적인 효과, 탁월한 웅변, 순결한 철학 등 모든 문학의 매력이 한 데 모인 최고의 걸작"인 것이다. 세계적인 문학작품 대부분이 성경에서 영감을 받아 쓰여 졌다는 것만으로도 성경은 자타가 공인하는 최고의 문학작품인 것이다.

그래서 성경의 문학적인 표현들을 필사도 하고 수시로 들춰보며 영감을 얻는다. 글을 쓰다가 막힐 때면 성경의 심오한 표현들을 묵상하며 실마리를 찾기도 하고, 성경말씀을 문장에 적합한 언어로 다듬어 살을 붙이기도 한다.

성경은 살아 있고 활력이 있어 좌우에 날선 어떤 검보다도

예리하여 혼과 영과 및 관절과 또 마음의 생각과 뜻을 판단하기까지 한다고 했다. 그런 하나님의 말씀이 나의 사고에 온전히 깃들여 진다면 언젠가는 누구도 범접 못할 나만의 글을 쓸 수 있을 것이다.

그러기 위해선 찬송가 〈나의 사랑하는 책〉의 가사처럼 이 성경을 심히 사랑해야겠다.

"성경이라는 영혼의 양식으로 나의 정신을 살찌우고 기름지게 하시니 감사합니다. 말씀으로 사고의 황폐함에서 벗어나게 하시고 페이지마다 넘쳐나는 한량없는 은혜를 부어주시니 감사합니다. 믿음으로 취한 한 줌의 언어가 지면에 심겨져 언젠가 싹이 나고 열매가 무성하여 세상을 글로서 풍요롭게 할 것임을 믿기에 감사합니다."

84일

"우린 형제입니다"

수화기 너머로 들려오는 형의 거친 말투가 마음속에
다정다감하게 여겨지게 하시니 감사합니다. 사랑을 표현하지 못하는
형의 마음속에 동생에 대한 사랑이 자리하고 있음을 감사합니다.

오전에 형한테서 전화가 왔다. 몇 번이고 통화가 되지 않아 염려하고 있던 터라 더 없이 반가웠다. 형은 다짜고짜 일을 공쳐 아침부터 한잔했다는 말로 서두를 꺼냈다. 평소처럼 걸쭉한 욕도 중간 중간 섞여 나왔다. 지극히 상투적인 말에 특별한 화제도 없었다. 그리고는 퉁명스럽게 전화를 끊었다. 1분 정도의 짧은 통화였다.

전화를 끊고 나서 이전과 사뭇 다른 기분이 들었다. 종종 나의 심기를 불편하게 했던 형의 전화가 오늘 따라 대수롭지 않게 여겨진 것이다. 예전이라면 최소한(?) 마음이 상하거나 언짢았을 형의 전화가 친근감 있게 느껴진 것이다. 뭔가에 홀린 것 마냥 핸드폰을 손에 쥔 채로 이유를 곰곰이 생각해보았다.

'이젠 제대로 면역이 된 건가?'

'아니면 내가 철이 든 건가?'

조금 뒤 이유를 알 수 있었다. 우린 한 부모 아래 태어난 피붙이 형제였다. 불우한 시절을 함께 보낸 소중한 가족이었다. 좋을 때나 나쁠 때나 평생 함께해야 할 형제인 것이다. 이것을 깨닫고 나니 난생 처음으로 형의 존재가 감사했다.

"수화기 너머로 들려오는 형의 거친 말투가 마음속에 다정다감하게 여겨지게 하시니 감사합니다. 사랑을 표현하지 못하는 형의 마음속에 동생에 대한 사랑이 자리하고 있음을 감사합니다."

85일

"다시는 안 그럴게"

좋은 친구란 있는 모습 그대로를 받아들이는 것임을 깨닫게
하시니 감사합니다. 친구와 내가 죽마고우는 될 수 없을지언정 내가
하기에 따라 그와 관포지교는 될 수 있음을 감사합니다.

친구가 나에게 전화를 해서는 다짜고짜 푸념을 늘어놓았다.

"이현아, 나 직장 그만 둬야겠다."

"아니, 왜?"

"책임자가 나랑 같이 일 못하겠단다."

"재욱아, 이런 말하기 뭐한데, 그 사람 문제 삼기 전에 네가 어떻게 더 잘 할 수 있는 지를 먼저 생각해봐."

"너는 지금 내가 뭘 잘못했다는 거냐!"

"네가 잘못했다는 것이 아니라 그렇게 하는 것이 너에게 도움이 돼서 그래"

"넌 지금 내 기분이 어떤지 알고나 하는 소리냐!

"야! 친구니까 이런 말 하는 거야!"

친구는 통화를 하다 말고 잔뜩 화가 났다. 친구인 내가 자기 편이 되어줄 줄 알고 하소연을 했는데 반응이 냉담하다보니 감정이 상한 것이다.

전화를 끊고 나서 내가 무슨 말을 했나싶어 잠시 멍했다. 친구에게 입바른 소리를 해서 그런 것이 아니었다. 다시 한 번 확인된 나의 부족한 이해심 때문이었다. 전에도 비슷한 일로 실랑이를 벌이다 앞으로는 친구를 더 잘 이해하겠다고 다짐을 했는데 오늘 똑같은 실수를 되풀이 한 것이다.

친구는 3급 시각 장애인이다. 눈동자가 자꾸 움직여 한 곳을 가만히 주시하지 못한다. 야간에 보행하는 것은 물론이고 평소 불편한 일을 많이 겪는다. 직장이라고 해서 크게 다를 것도 없다. 그래서 가끔 의도적으로 친구에게 쓴 소리를 한다. 다른 사람들과 똑 같이 직장생활을 해선 안 될 것 같다는 생각에서다. 친구가 신체적인 불리함을 극복할 수 있는 방법은 다른 사람보다 더 많이 노력해야 한다는 것을 마음에 심어주고 싶었다. 하지만 그것을 전달하는 방식에 문제가 있다 보니 서로가 마음만 상한다.

친구 아버지는 돌아가시면서 아들의 눈을 고쳐 주지 못하고 먼저 가서 미안하다는 말로 유언 아닌 유언을 하셨다. 가족들은 그 모습을 지켜보며 눈물을 펑펑 흘렸다. 친구는 종종 그 때 일을 회상하며 가슴 아파해 한다. 그의 집안 내력과 신체적 불편함을 누구보다 잘 알기에 친구를 더 잘 이해하겠다던 나였다. 그럼에도 친구를 이해하는 것이 쉽지가 않다. 마음으로 마음을 헤아리는 것이 꼭 어려운 일만은 아닐 텐데 말이다.

그래서 그 친구가 더 감사한지도 모르겠다. 까칠한 나의 말투는 달갑지 않게 여겨도 친구인 나를 누구보다 소중히 여겨주니 말이다. "친구가 애꾸이면 나는 그의 옆얼굴을 본다"는 주베르의 말처럼 앞으로는 그에게 그러해야 할 것이다.

"좋은 친구란 있는 모습 그대로를 받아들이는 것임을 깨닫게 하시니 감사합니다. 친구와 내가 죽마고우는 될 수 없을지언정 내가 하기에 따라 그와 관포지교는 될 수 있음을 감사합니다."

86일

"중고도 언제든지"

하나님 안에서 쓰임받기에 늦은 나이는 없다는 것을 깨닫게 하시니 감사합니다. 나의 인생 또한 사는 동안 하나님께 쓰임 받아 닳고 닳아 없어져야함을 마음에 새기게 하시니 감사합니다.

중고 의자를 하나 구입했다. 앉는 것이 기능의 전부였던 예전 의자와는 비교가 안 될 정도다. 바퀴가 달려 이동이 용이하고 360도 회전이 가능하며 몸을 뒤로 재껴 한껏 편안한 자세를 취할 수도 있다. 게다가 팔걸이가 있어 턱을 괼 수 있고 높낮이를 조절하여 시선을 자유롭게 고정할 수도 있다. 푼돈을 주고 재활용 센터에서 건져 올린 뜻밖의 월척이다. 중고로 전락한다는 것이 기능마저 상실되는 것은 아닌 것이다.

인생 또한 나이를 먹었다고 해서 그 사람의 가치마저 상실되는 것이 아님을 생각해 보았다. 고령의 나이에 놀랍게 쓰임받은 모세처럼 기회가 주어지면 이전보다 더 멋진 삶을 살 수 있는 것이다. 세월의 나이테를 겹겹이 두룬 해묵은 인생일지라도 준비만 되어있다면 하나님 안에서는 언제나 새 것보다 나을 수 있는 것이다.

“하나님 안에서 쓰임받기에 늦은 나이는 없다는 것을 깨닫게 하시니 감사합니다. 나의 인생 또한 사는 동안 하나님께 쓰임 받아 닳고 닳아 없어져야함을 마음에 새기게 하시니 감사합니다.”

87일

"국민제자"

뜻밖에 떠오른 기발한 발상에 믿음의 나래를 펴게 하시니
감사합니다. 말도 안 되는 꿈같은 상상도 하나님이 은혜주시면
현실에서 이루어질 수 있다는 믿음을 주시니 또한 감사합니다.

국민가수 조용필, 국민배우 안성기, 국민타자 이승엽, 국민 요정 김연아, 그리고 국민제자 조이현(?).

내가 크리스천을 대표하는 신령한 인물이 되는 상상을 해 봤다. 거룩함과는 거리가 먼 나이기에 사실 상상만으로도 주제 넘는 일이다. 그럼에도 예수님의 제자를 넘어 국민 모두에게 사랑받는 '국민제자'라는 호칭을 받았으면 하는 데는 나름의 이유가 있다.

다름 아닌 선한 영향력 때문이다. 공인으로서의 말 한마디는 사람들에게 미치는 효과나 힘이 상당하다. 누군가에게는 삶의 기준이 될 수도 있고 그의 생각과 뜻에 공감하며 존재감만으로도 믿고 따를 수 있다.

내가 이 나라의 어려움을 놓고 기도하자고 하면 나와 같은 마음으로 모두가 하나님께 무릎 꿇었으면 좋겠다. 또한 가정이

깨어지는 각박한 현실을 놓고 다 함께 예배하자고 하면 나와 같은 마음으로 각자의 처소에서 예배했으면 좋겠다. 그래서 개인이 회복되고, 가정이 회복되고, 나아가 이 나라가 회복되는 놀라운 일들을 다 함께 경험했으면 좋겠다. 에스더가 어려움에 빠진 나라를 구하기 위해 유다민족들과 기도로 마음을 같이 하여 풍전등화의 위기에서 벗어난 것처럼 말이다.

상상한 것이 현실이 되려면 하나님께 말로 다 할 수 없는 은혜를 입어야 할 것이다. 노아처럼 삶에서 하나님과 동행하고, 다윗처럼 하나님 마음에 합한 사람이 되어야 할 것이다. 예배를 통해 매일매일 기쁨으로 하나님께 나아가고 예수님의 마음으로 민족을 사랑하며 열방을 품고 뜨겁게 살아야 할 것이다.

'국민제자'

다소 엉뚱한 생각 같지만 한 편으론 가슴 설레게 하는 말이다. 한 번 뿐인 인생 꼭 그렇게 살아보고도 싶다.

"뜻밖에 떠오른 기발한 발상에 믿음의 나래를 펴게 하시니 감사합니다. 말도 안 되는 꿈같은 상상도 하나님이 은혜주시면 현실에서 이루어질 수 있다는 믿음을 주시니 또한 감사합니다."

88일

"겉모양에 현혹되어"

삶에서 진정 가치 있는 것은 보여 지는 것이 아니라 보이지 않는 것임을 깨닫게 하시니 감사합니다. 그리고 그것만이 세월이 흘러도 변하지 않는 유일한 진리임을 확신케 하시니 감사합니다.

선물 받고 나서 한 동안 방치해 두었던 책을 이제야 읽었다. 촌스러운 표지에 흔한 주제, 그리고 제목도 밋밋하여 읽기를 미뤄오던 책이다.

그런데 읽고 보니 기대이상이었다. 밑줄 그을 만한 '씨앗 문장'도 수두룩하고 내용이 명쾌하다보니 몰입되어 시간 가는 줄 모를 정도였다. 책 보는 안목이 없어 이제야 읽게 된 것이 후회가 되었다.

그러고 보니 겉모양에 현혹되어 유익을 더디게 접한 적이 이번만은 아닌 것 같다. 신앙의 본질을 주목하기보다 경건함으로 치장한 화려함에 마음이 끌릴 때가 더 많다. 영적 심오함을 추구하기보다 일시적 만족감을 주는 자극적인 것에 시선을 빼앗길 때가 더 많다. 이런 세속적 습성 때문에 지혜를 터득하는 것이 더딘 것이 아닌가 싶다.

그간의 손해는 그렇다 쳐도 이제라도 겉모양으로 판단치 말아야겠다. 사실과는 다른 느낌에 현혹되지 않고 신앙의 기초위에서 이성적 냉철함을 가져야겠다. 그리고 영혼의 눈으로 바라보고 가슴으로 다가가 그 속에 감춰진 보물을 캐내야겠다.

"삶에서 진정 가치 있는 것은 보여 지는 것이 아니라 보이지 않는 것임을 깨닫게 하시니 감사합니다. 그리고 그것만이 세월이 흘러도 변하지 않는 유일한 진리임을 확신케 하시니 감사합니다."

89일

"내가 좋아서 나오면 안 되겠니?"

응답보다 더 기쁜 것이 하나님 당신이어야 함을 깨닫게 하시니 감사합니다. 나에게 가장 좋은 때가 언제인지를 아시는 하나님께서 더 좋은 때에 응답해 주실 줄 알기에 감사합니다.

일주일간의 작정기도가 오늘로서 끝이 났다. 드문드문 나가던 새벽기도를 짧은 기간이나마 열심히 나간 데는 이유가 있다. 좋아하는 자매 때문이었다. 평소보다 많은 시간을 예배당에서 보냈다. 룻과 보아스의 만남처럼 결혼까지의 모든 과정이 순적하길 기도했다.

예배가 끝난 후 조용히 묵상을 하는데 마음속에 와 닿는 무언가가 있었다. 그것은 늘 그렇듯이 잔잔하면서도 분명했다. 하지만 그 음성은 내가 듣고자 했던 것과 너무도 달랐다. 지금은 때가 아니라는 것이다.

내가 원한 대답과 너무도 다른 말씀에 기분이 언짢을 만도 하건만 신기하게도 마음이 무척 평온했다. 그동안 머릿속에 얽히고설켜 있던 실타래가 단숨에 풀리는 듯 했다. 왜 자매들과 교제만 하면 진전이 없는지를 이제야 알 것 같았다. 응답을 받은 것처럼 너무나 기뻤다. '이래서 새벽기도를 나오는 구나'라고 생각을 하는데 하나님께서 마음속에 들려주시는 또 한 번의 음성이 있었다.

"응답받기 위해 새벽기도 나오는 것도 좋지만 그냥 내가 좋아서 나오면 안 되겠니?"

순간 하나님께 죄송한 마음이 들었다. 평소 하나님이 주실 선물에만 관심이 있었을 뿐 그것을 주시는 하나님께는 관심이 없었던 것이다. 하나님께서는 당신만을 사모하며 기도의 자리에 나오기를 바라시건만 난 하나님은 안중에도 없이 온통 응답에만 신경이 가 있었다.

이런 나의 마음을 훤히 아시는 하나님께서 참다못해(?) 서운함을 내비치신 것이다. 하긴 나라도 내겐 관심도 없으면서 누군가 내 선물에만 관심을 보인다면 그다지 기분이 좋진 않을 것 같다. 하나님도 내 마음과 다르지 않으셨을 것이다.

하나님은 선물보다 선물 주시는 분을 사모하는 자를 찾으신다고 했다. 이제는 사심을 내려놓고 하나님만을 바라보며 기도의 자리에 나가야겠다.

"응답보다 더 기쁜 것이 하나님 당신이어야 함을 깨닫게 하시니 감사합니다. 나에게 가장 좋은 때가 언제인지를 아시는 하나님께서 더 좋은 때에 응답해 주실 줄 알기에 감사합니다."

90일

"여전히 불효자"

여전히 불효자인 내가 잠시나마 아버지의 사랑을 생각할 수 있어 감사합니다. 아버지에게 못 다한 효도를 살아계신 어머니에게라도 할 수 있어서 감사합니다.

돌아가신 아버지가 생각이 났다. 오랫동안 당신을 잊고 지낸 것 같아 한편으론 마음이 씁쓸했다. 생전에도 아버지의 존재를 잊고 사는 불효자더니 지금도 여전한 것이다.

매일 같이 당신을 생각하며 살순 없어도 자식을 사랑했던 당신의 마음만큼은 가끔 떠올릴 수 있건만 그것이 말처럼 쉽지가 않다. 삶에서 잊지 말아야 할 것을 언제나 잊지 않고, 잊어야 할 것을 속히 잊으며 산다는 것이 인간에게는 너무도 힘든 일인가 보다.

"여전히 불효자인 내가 잠시나마 아버지의 사랑을 생각할 수 있어 감사합니다. 아버지에게 못 다한 효도를 살아계신 어머니에게라도 할 수 있어서 감사합니다."

91일

"한 여름의 사형선고"

뜻밖의 병을 통하여 물의 소중함을 알게 하시니 감사합니다.
귀한 것을 하찮게 여기는 내 마음이 하찮은 것임을 깨닫게 하시니 감사합니다.

자꾸 설사가 나서 병원을 갔더니 과민성 대장증후군이라고 했다. 의사 선생님은 나을 때까지 절대 찬 것을 먹지 말라고 했다. 한 여름에 내려진 극약처방이라 그 말이 사형선고처럼 와 닿았다. 하지만 선택의 여지는 없었다. 몸이 낫기 위해선 먹어야 할 것과 먹지 말아야 할 것을 당분간 구분하는 수밖에는 도리가 없는 것이다.

그 뒤로 만만찮은 시험이 기다리고 있었다. 소그룹 모임이 있었던 것이다. 냉커피와 아이스크림을 주문한 친구들과 달리 난 뜨끈뜨끈한 유자차를 주문했다. 친구들은 이유를 뻔히 알면서도 그것을 앞에 내밀고 한 입만 먹어 보라며 부추겼다. 마음 같아선 보란 듯이 입에 털어 넣고 싶었지만 무모한 행동 뒤에 따라올 값비싼 대가를 알기에 묵묵히 이겨 내야했다.

집에 와서 약을 먹으려고 물을 덥히는데 평소 흔하게 마시던 냉수가 너무도 귀하게 여겨졌다. 늘 가까이 하던 것을 멀리 해야만 그것의 소중함을 깨닫는 내가 참으로 어리석어 보였다. 무엇이건 소중한 마음으로 대한다면 내 주변엔 사소한 것도, 하찮은 것도 없을 것이다. 그런 마음으로 물도 마신다면 단순한 물이 아닌 영혼에 생기를 불어 넣어줄 생명수와도 같을 것이다.

"뜻밖의 병을 통하여 물의 소중함을 알게 하시니 감사합니다. 귀한 것을 하찮게 여기는 내 마음이 하찮은 것임을 깨닫게 하시니 감사합니다.

92일 "나이를 먹는다는 것"

돌이킬 수 없는 세월을 유쾌하게 받아들이고 하루하루를 낙천적인 마음으로 살아가게 하시니 감사합니다. 삶에서 경험하는 크고 작은 일들을 번민하면서도 마음에 좋게 여기게 하시니 감사합니다.

집에 오다가 주책없이 방귀를 뀌고는 나이를 먹었다는 생각이 들었다. 젊어서 조신했던 행동들을 이제는 스스럼없이 벌이고 있다. 길에서 방귀를 뀌는 것 말고도 내가 나이를 먹었다는 것은 다양한 영역에서 찾을 수 있다.

자주 절기(節氣)를 확인한다.
굽이 없는 신발을 선호한다.
앉는 자리에 집착한다.
경조사에 참석할 일이 많아졌다.
뉴스와 신문을 즐겨 본다.
추워지면 자연스럽게 내복을 입는다.
보양식과 건강식품을 찾는다.
디자인보다는 실용성을 따진다.

날씨에 민감하다.

격식을 많이 따진다.

하지만 삶의 성향이 바뀌어 가는 것을 슬퍼하지 않기로 했다. 나이를 먹어가는 것만큼이나 세상을 바라보는 시각도 이전과 다르기 때문이다. 똑같은 상황을 놓고도 해석하는 것이 이전보다 명민해진 것이다. 모르게 먹어가는 나이만큼이나 삶의 지혜도 쌓여가고 있는 것이다. 그렇다면 인생을 제대로 살아가고 있는 것 아닐 까!

“돌이킬 수 없는 세월을 유쾌하게 받아들이고 하루하루를 낙천적인 마음으로 살아가게 하시니 감사합니다. 삶에서 경험하는 크고 작은 일들을 번민하면서도 마음에 좋게 여기게 하시니 감사합니다.”

93일

"말실수"

시시때때로 날 웃게 해주는 친구가 있어 감사합니다. 내 삶에 우는 날 보다 웃는 날이 더 많음을 감사합니다. 작은 것도 크게 웃을 수 있는 풍부한 감성을 주셔서 감사합니다.

며칠 전 치과에서 스케일링을 하고는 평소 치아관리를 하지 않던 친구에게도 권했다. 아직은 생각이 없다던 친구가 오늘 전화를 걸어와 치과 위치와 비용을 물어보았다. 그런데 이 친구가 스케일링이라는 단어를 다른 말과 혼동 했는지 이렇게 물었다. 친구의 말에 종일 웃음이 떠나질 않았다.

"드라이클리닝 하는데 돈이 얼마나 드니?"
"?!?!?..."

"시시때때로 날 웃게 해주는 친구가 있어 감사합니다. 내 삶에 우는 날 보다 웃는 날이 더 많음을 감사합니다. 작은 것도 크게 웃을 수 있는 풍부한 감성을 주셔서 감사합니다."

94일 "앞이 보이지 않을지라도"

내가 어떠한 상황에 처할지라도 빛 되신 하나님께서 갈 길을 밝히 보이시니 감사합니다. 선한 목자 되신 하나님께서 사망의 음침한 골짜기에서도 나와 함께 해 주시고 푸른 초장과 쉴 만한 물가로 인도하시니 감사합니다.

승용차를 몰고 국도를 들어서는데 앞서가던 차량이 갑자기 속도를 줄이는 것이다. 급작스런 상황이었지만 차간거리를 두어 위험하지는 않았다.

하지만 원인을 알고는 경악하지 않을 수 없었다. 앞차의 본네트가 위로 솟은 것이다. 시야가 가려진 운전자는 신속하게 비상깜빡이를 켰다. 그리고 양 옆의 백미러를 활용해 갓길로 천천히 차를 몰았다. 그것만으로 긴박한 상황은 끝이 났다.

아찔했던 그 상황을 신앙과 연관하여 곰곰이 생각해봤다. 거기서 얻어진 깨달음에 감사하지 않을 수 없었다.

삶에 갑자기 어려운 일이 닥칠지라도 하나님을 볼 수 있는 믿음의 눈만 있다면 상황은 달라질 수 있는 것이다. 끝이라고 생각했던 그 순간이 은혜의 시작이 될 수 있는 것이다. 더 이상

상황에 발목 잡히지 않고 가던 길을 다시 갈 수 있는 것이다. 믿는 자에겐 완벽한 사면초가란 없기 때문이다.

"내가 어떠한 상황에 처할지라도 빛 되신 하나님께서 갈 길을 밝히 보이시니 감사합니다. 선한 목자 되신 하나님께서 사망의 음침한 골짜기에서도 나와 함께 해 주시고 푸른 초장과 쉴 만한 물가로 인도하시니 감사합니다."

95일

"기막힌 낙서"

뜻밖의 낙서를 통해 내가 어떤 남자가 되어야 하는지를 진지하게 생각할 수 있게 해 주셔서 감사합니다. 사람들의 속을 시원케 하는 낙서일지라도 때와 장소를 구분해야 함을 깨달을 수 있어 감사합니다.

엘리베이터를 탔는데 양쪽 문에 재미난 글귀가 적혀 있었다.

"기대지 마시오. 남자에게."
"손대지 마시오. 여자에게."

엘리베이터에 적힌 "기대지 마시오"와 "손대지 마시오"라는 문구에 나름의 내용을 첨가한 낙서였다. 두 가지를 생각했다. 남자의 존재를 탐탁지 않게 여기는 누군가의 장난일 수 있다는 것과 이런 낙서가 성행하지 않도록 남자로써 처신을 잘해야겠다고 말이다.

"뜻밖의 낙서를 통해 내가 어떤 남자가 되어야 하는지를 진지하게 생각할 수 있게 해 주셔서 감사합니다. 사람들의 속을 시원케 하는 낙서일지라도 때와 장소를 구분해야 함을 깨달을 수 있어 감사합니다."

96일 “중년이 될 지라도”

계절이 바뀔 때마다 모르는 것을 깨닫고 새로운 것을 알게 하시니 감사합니다. 해를 거듭할수록 몸이 굳어지는 것만큼이나 그 몸을 돌볼 수 있는 생각의 영민함을 주시니 감사합니다. 오늘 하루도 저를 보호하시고 지켜주시어서 내일을 기약할 수 있음을 감사합니다.

지하철역을 나오는데 눈이 내렸다. 갖고 있던 신문지를 우산 삼아 걸음을 재촉했다. 신발이 구두여서 걷는 것이 더디고 불편했다. 비탈길을 올라오면서 예전의 내가 아님을 깨달았다.

넘어져 다칠 것을 염려하여 조심스레 걸음을 내딛는 것이다. 인도 상태를 살피며 안전한 곳을 찾아 이리저리 걸음을 옮겼다. 행여 다치기라도 하면 직장 생활을 하는데 문제가 될까봐서였다.

나도 이제 몸을 사리며 건강을 염려하는 어엿한 중년이 된 것이다. 일기예보에 관심을 가지고 날씨를 걱정하는 겁 많은 중년이 된 것이다. 비탈길에서 신발을 스키삼아 곡예를 부리며 내려가던 것이 불과 작년이었다. 세월 앞에 장사 없음을 실감한 하루였다.

"계절이 바뀔 때마다 모르는 것을 깨닫고 새로운 것을 알게 하시니 감사합니다. 해를 거듭할수록 몸이 굳어지는 것만큼이나 그 몸을 돌볼 수 있는 생각의 영민함을 주시니 감사합니다. 오늘 하루도 저를 보호하시고 지켜주시어서 내일을 기약할 수 있음을 감사합니다."

97일

"폰아, 고맙다"

물건도 사랑하는 사람 대하듯 소중히 여길 때만이 진정 내 것이 될 수 있다는 것을 알게 하시니 감사합니다. 매일 접하는 오래된 물건도 마음가짐에 따라 늘 신제품처럼 여겨질 수 있음을 깨닫게 하시니 감사합니다.

핸드폰 카메라에 미세하게 금이 가 있는 것을 발견했다. 몇 달 전부터 촬영만 누르면 실행할 수 없다는 문구가 나온 것도 그래서였다. 늘 곁에 두고 원인을 몰랐으니 핸드폰에도 감정이 있다면 무척 서운할 일이다.

나에겐 사용할 권리만 있고 책임질 의무는 없었다. 편리에 의해 핸드폰이 존재할 뿐 감사라는 교감은 없었다. 핸드폰의 기능만 기억에 있을 뿐 물건의 소중함은 잊혀진지 오래다.

그렇게 마음이 멀어지다 보니 핸드폰이 오래도록 아파도 여적 몰랐던 것이다. 그런 나로 인해 핸드폰이 처량한 신세가 되었다. 이러다가 보는 것이 미안하고 만지는 것이 부끄러울지도 모르겠다. 이제라도 녀석에게 나쁜 주인이 되지 않도록 더 많은 애정을 쏟아야겠다.

“물건도 사랑하는 사람 대하듯 소중히 여길 때만이 진정 내 것이 될 수 있다는 것을 알게 하시니 감사합니다. 매일 접하는 오래된 물건도 마음가짐에 따라 늘 신제품처럼 여겨질 수 있음을 깨닫게 하시니 감사합니다.”

98일

"동시상영"

천장이 꺼지고 바닥이 주저앉는 일체의 사고 없이 무사히
관람을 마칠 수 있어 감사합니다. 미술 전시를 보면서 동시에
공포영화의 묘미를 느낄 수 있어서 감사합니다.

통인동에 있는 미술관에 들렀다. 건물이 너무도 허름하여 작품에 맞게 연출했냐고 물으니 80년 된 여관을 개조한 거라고 했다. 전시액자만 걸려있지 않으면 영락없는 폐가였다.

2층에 오르니 말문이 막혔다. 곳곳이 앙상한 뼈대만 남아 전시관 전체가 속살 비춰듯 훤히 드러나 보이는 것이다. 녹이 슬은 낡은 구조물과 적막한 분위기에 으스스한 기분이 들 정도였다. 관람을 속히 마치고 닳고 닳은 너절한 목조 계단을 급히 내려오는데 벽면에 붙여진 문구가 눈에 들어왔다.

"오래된 건물이니 뛰지 마세요."

"천장이 꺼지고 바닥이 주저앉는 일체의 사고 없이 무사히 관람을 마칠 수 있어 감사합니다. 미술 전시를 보면서 동시에 공포영화의 묘미를 느낄 수 있어서 감사합니다."

99일 "어머니의 반찬"

어머니에 대한 애틋한 마음이 내 안에 여전함을 감사합니다.
어머니가 만드신 귀한 반찬을 시골을 떠나 서울에서도 먹을 수 있어
감사합니다. 그것이 내 몸에 피가 되고 살이 되어 더욱 건강하게 해
주셔서 감사합니다.

시골에서 올라와 집에 도착하여 짐을 풀었다. 가방에는 어머니가 싸 주신 반찬들로 가득했다. 갓김치, 깻잎, 멸치, 마늘종, 매실 장아찌. 이 많은 것을 만드신 어머니의 수고와 정성을 생각하니 나도 모르게 감정이 복받쳤다.

어머니가 따로 싸 주신 찹쌀도 적당한 통으로 옮겼다. 비닐봉지에 담긴 찹쌀을 흘릴까싶어 조심스레 부었다. 바닥에 떨어진 몇 톨의 찹쌀을 하나하나 주웠다. 그러고서도 비닐봉지에 남아 있는 찹쌀은 없는지 꼼꼼히 살폈다. 어머니의 손길이 닿은 것이라 함부로 대할 수 없었다. 어머니의 애정 어린 손길은 철부지 아들을 변화시키는가 보다.

"어머니에 대한 애틋한 마음이 내 안에 여전함을 감사합니다. 어머니가 만드신 귀한 반찬을 시골을 떠나 서울에서도 먹을 수 있어 감사합니다. 그것이 내 몸에 피가 되고 살이 되어 더욱 건강하게 해 주셔서 감사합니다.

100일

"신이 보낸 사람"

우리의 기도에 늘 신실하게 응답하시는 하나님께 감사합니다.
하나님이 우리 삶의 주관자 되시어서 지금도 우리를 위해 일하시고
계심을 감사합니다.

오늘 구역장님의 기도 응답을 듣고는 "역시 하나님이십니다"라는 말이 절로 나왔다. 기도가 성취되기까지의 과정이 참으로 놀라웠던 것이다.

구역장님의 딸은 어머니의 오랜 기도와 전도에도 마음의 문을 열지 않았다. 어머니와의 약속 때문에 마지못해 몇 번 교회에 나온 것이 전부였다. 교회에서 가장 전도를 많이 하시는 구역장님은 정작 자기 딸은 전도 못 한다는 것이 늘 안타깝고 속상했다. 그럼에도 구역장님은 하나님의 신실하심을 믿으며 매일같이 딸을 위해 기도했다.

그러던 어느 날, 구역장님의 여동생이 딸이 사는 집에서 그리 멀지 않은 곳으로 이사를 왔다. 남편이신 목사님을 따라 새로운 사역지에 발을 디딘 것이다. 그러자 평소 이모를 좋아했던 딸이 그 교회를 다니겠다며 적극적인 반응을 보였다.

그리고는 등록한 날부터 주일예배뿐만 아니라 수요예배와 금요예배도 빠짐없이 참석하는 열성신자가 되었다. 자신이 신앙생활을 시작하게 된 것도 엄마의 기도 때문이었음을 깨닫고 감사까지 했다. 그렇게 딸은 몇 달 동안 열심히 신앙생활을 하며 금세 적응을 마쳤다.

그러자 뜻밖의 일이 벌어졌다. 동생 부부가 이러저러한 이유로 다시 고향으로 돌아가게 된 것이다. 마치 자신들에게 맡겨진 일을 다 끝냈다는 듯이 말이다. 그분들은 딸의 구원을 위해 하나님이 보낸 사람들이었다.

"우리의 기도에 늘 신실하게 응답하시는 하나님께 감사합니다. 하나님이 우리 삶의 주관자 되시어서 지금도 우리를 위해 일하시고 계심을 감사합니다."

101일

"중대한 시험"

원고가 날아가고 나서 마음에 가졌던 절박함으로 삶을
살아간다면 그 어떤 것도 못할 것이 없음을 가슴에 새기게 하시니
감사합니다.

감사 일기를 쓸 자격이 되는지 중대한 시험을 받았다. 오전 11시부터 시작해 장장 15시간을 써 놓은 글이 컴퓨터상에서 흔적도 없이 사라진 것이다.

나의 부주의였다. 금세 얼굴에 식은땀이 흘렀다. 더욱이 오늘 글은 어느 때보다 완성도가 높았기에 더없이 당혹스러웠다. 정신 나간 사람처럼 컴퓨터 바탕화면 곳곳을 샅샅이 뒤졌다. 하지만 글은 어디에도 없었다.

순간 컴퓨터를 수리하는 교회 형이 생각났다. 하지만 전화를 걸기까지 나름의 고민을 해야 했다. 2시가 넘은 늦은 시간이기도 했지만 형이 감기에 걸려 종일 고생하고 있다는 것을 잘 알기 때문이었다.

하지만 상황이 급박한지라 무작정 형에게 전화를 걸었다. 자초지종을 설명 했더니 택시를 타고 금방 오겠다고 했다. 형

이 오는 도중에도 머릿속에는 온통 글에 대한 생각뿐이었다. 사라진 글을 찾지 못한다면 맥이 빠져 한 동안 글을 쓰지 못 할 것 같았다.

그러는 와중에 '감사'라는 단어가 떠올랐다. 글을 찾지 못하더라도 지금의 상황을 놓고 감사할 수 있는지 스스로에게 물었다. 쉽지 않은 질문이었다. 하지만 오래 고민할 것 없이 지금의 상황을 감사하기로 했다. 이번 일을 감사함으로 극복하지 못한다면 글을 쓸 자격이 없다고 생각했기 때문이다.

또한 원고가 책으로 나오더라도 글과 삶이 너무도 달라 내 자신에게 위선적으로 비춰질까 두려웠던 것이다. 그렇게 애써 감사를 떠올리는 중에 형이 도착했다. 형은 잘하면 찾을 수도 있다는 희망적인 답변을 내 놓았다. 조금 전의 감사 때문에 일이 잘 풀리나 싶었다. 하지만 글은 끝내 찾을 수 없었다. 형을 돌려보낸 후 글에 대한 미련을 접고 이렇게 감사 일기를 쓰고 있다.

1. 기막힌 상황에서도 감사해야 함을 깨닫고 실천하게 하시니 감사합니다.
2. 사라진 글의 내용이 기억 속에 뚜렷하게 남아있어서 감사합니다.

3. 다시 쓰는 글이 이전보다 더 좋은 글이 될 것임을 믿기에 감사합니다.
4. 더 많은 글이 지워진 것이 아니라 오늘 것만 지워졌음을 감사합니다.
5. 원고가 지워진 데에도 하나님의 선하신 뜻이 있음을 알기에 감사합니다.
6. 글을 더 확실하게 저장할 수 있는 보다 좋은 방법을 배우게 하시니 감사합니다.
7. 또 한 편의 감사일기 재료가 얻어짐을 감사합니다.
8. 늦은 시간에 나를 도와줄 사람이 있다는 것이 감사합니다.
9. 불시에 들이닥친 인생의 어떤 슬픔보다 훨씬 덜한 상황임을 감사합니다.
10. 원고가 날아가고 나서 마음에 가졌던 절박함으로 삶을 살아간다면 그 어떤 것도 못할 것이 없음을 가슴에 새기게 하시니 감사합니다.

"염려는 이제 그만"

삶의 놀라운 변화
101일 감사 일기

초판 1쇄 2015년 12월 22일
지은이 _ 조이현
펴낸이 _ 김현태
펴낸곳 _ 따스한 이야기
등록 _ No. 305-2011-000035
전화 _ 070-8699-8765
팩스 _ 02- 6020-8765
이메일 _ jhyuntae512@hanmail.net